血紅梔子花

顧日凡——著

梔子

梔子花，茜草科，花開時潔白繼而鵝黃，甜美芳香，凋謝後仍餘香裊裊，單瓣的花會結果，果成熟後不綻開，廣東人叫白蟬，日本人稱之為無口花或無語花，花語為我很幸福、帶來喜悅、洗練、優雅。

第一章

深圳，這個與香港一河二岸的城市，改革開放接近四十年的特區，中央政府傾盡人力物力將這個落後的小農村發展為一個高樓處處，道路四通八達，人煙稠密的現代城市，各省各地的民眾都擁到這裡謀發展，所謂人才薈萃，地方政府銳意發展高科技產業，又在前海開闢一個超特區的金融中心，規模一時無兩，劍指香港，有取而代之氣勢。時間十二點多，是白領、工人、學生下班放學吃中午飯的休息時間，人們不是到食店去吃午餐，而是不約而同擁向市中心的人民廣場看熱鬧。民眾議論紛紛地說：「趕快點，要佔個好的位置才能看得清楚，好像今次除了外地人被捕，香港人也拉了一大票。」「什麼？真的假的，以前香港人不是地位超然的嗎？」「香港人淪落了，要我們這些強國人自由行去消費才能刺激經濟，沒有我們，香港肯定陸沉，我們是他們的恩主。這次掃黃除污為了國際大學生運動會在下月初舉行，深圳政府嚴厲執行掃黃、掃毒，掃乞丐到二線外去，務求令深圳成為一個講文明，講禮貌，講道德，無精神污染的模範城市。」

「文明不是用口說就是，要看行為實踐，要看怎樣對待弱小社群和動物的態度，這是甘地說的。」「不要掉書包了，我們丟掉的東西別人當是寶，韓國學者考究說孔子是朝鮮人，還成功將端午節申請為世遺非物質文化遺產，他們要垃圾，由得他們去撿破爛好了。聽說其他縣市那些叫清河縣的地方爭著認做西門慶、潘金蓮的故鄉，為他們建像立祠，吸引遊客到來旅遊賺錢，這是發展才是硬道理，是鄧矮子說的。」

「這個主意實在太扯了嘛？」

「不要沒話找話說，儘說廢話。我們去看的是現代西門慶、潘金蓮，只要想到一次過看到各地來的美女，真是難得的盛會，是誰想出來的超酷點子？」「是深圳公安局主持大局，你這色鬼要是這幾天一個不小心被拉著，今天就輪到你給人看，到時羞得你要找地洞鑽。」

「我才不會，我爸是公安副局長，我怕誰，誰敢動我！」半圓形的人民廣場團團圍著好幾個圈人牆，全國各地許多電視台都派員到來採訪，香港的電視台也不甘後人來到深圳作現場直播做秀，畢竟這是一件復古的勾當，又是深圳公安打擊色情活動，強勢管治的明證，一個秀麗的女記者整理妝容預備出鏡，當副導演作出一個OK的手勢後，女記者對著鏡頭開腔：「我們是香港XX電視台在深圳人民廣場作現場直播，再過幾分鐘，深圳公安局將會押送百多名男女進場，這是一宗破天荒的大型行動，震驚中外，深圳公安局在飯店、卡拉OK及地下色情場所捕捉了多名疑是妓女、嫖客的男女在今天遊街示眾，任人觀看，據公安局稱這行動大大掃除了市內許多藏污納垢、引人墜落的犯罪色情場所，肅清了淫邪毒瘤，更將這些沒有廉恥，沉溺在淫慾享樂壞份子的真面目公諸於世，目的是為了警惕民眾行為要有操守，有道德，據深圳領導人的說法是黨要人民學習五講四美，八榮八恥的思想。看，公安正押著那些犯錯的男女魚貫入場。」鏡頭焦點即時轉向人民廣場那頭，一批批男女混雜陸續到來，進場後公安、民警指揮他們在廣場中央排成一個矩陣面對群眾，那些男女被眾人目光如炬盯緊，肆無忌憚恥笑，感到羞愧，垂下頭來，公安民警見狀不時斥喝他們要抬高頭來，見有人戴口罩立刻粗暴將口罩拉扯下來，讓群眾看清楚臉孔，有一些女孩子受不了委屈哭了出來，公安仍是不放過她們，怒罵她們要昂首挺胸站好，女孩哭喪著臉任由人群對她們恣意評頭品足，議論紛紛，像回到從前清末民初時的舊社會犯人被群眾公審，只差未向他們擲東西羞辱他們。「現在是二十一世紀，竟然會發生這種古代封建社會將人民遊街示眾、羞辱別人的自尊，盡情踐踏人權的事情。」在香港福群社區福利中心做主管的楊慧晴看著電視直播說。「早在一九八八年，強國最高法院、最高檢察院、公安部聯合下達通知，要求對已判刑和未判刑罪犯、及所有違法人員一律不准遊街示眾。現在未審先判，到底這個國家的人有沒有法治精神的概念，應該說強國只有法律，沒有法治，更糟的是最終只有領導的看法才是決定性，根本就是人治社會，他們沒有進步過，思維仍在清朝封建時代，以為人民是臣民，不是國民，可以隨便任意狠狠地羞辱。」答話是她的女兒步如嫣。

步如嫣大學畢業後投考警察，最初的職位是見習督察，香港男女的機會均等，著重個人實力，步憑著才智和努力，三年後進陞為督察。今天返中班下午三點，家在附近，到社區中心跟媽媽一起過吃午飯才上班。「昨天我看深圳電視台時，他們已經大吹大擂說今天有這樣遊街示眾的活動，我還不大相信，今天看到原來他們是來真的，還指有很多不知自愛，爛嫖愛鬼混的香港人也被捕了，委實大開眼界啊。」一個圓臉的歐巴桑喊。
「真是大快人心，拉了小三、小四，為我們香港大婆吐一口烏氣。」「看，大家快來看，那個高高大大、粗粗壯壯的男子看上去好像順嫂的老公黃潮順，他也被人捉了啊，順嫂不是常常自誇看得她老公很緊嗎？他絕對不敢去偷腥嗎？」另一個歐巴桑說。「丈夫，丈夫，一丈之內才是你老公，你稍一分神，他就會被另一女人勾去，尤其那些大陸女人，年輕貌美手段高明又不知廉恥多的是，今次看順嫂怎樣下台。」一個瘦巴巴的歐巴桑態度不屑。「妳聽她胡扯，是順叔將她整治得如小媳婦，她只會在我們跟前吹牛放屁。不過等會見到她，不要提起這件事，要不然她會即時嘰哩呱啦把妳罵過夠本。」圓臉歐巴桑好心提醒其他人。忽然間門外傳來一陣嘩啦嘩啦的大媽吆喝聲，跟著好像有人靜悄悄地答話，一眾歐巴桑豎起耳朵來聽，這一次是來得更響的罵人聲，歐巴桑們聽到這嚇人的嗓音立刻迅速無比四散到各個活動小組去。一個中年女子沉重移進來，身量不高，體形橫向發展，給人一座活動小山的感覺，蒼白的臉堆滿了肉快要將雙眼淹沒，仍然瞟出二道精光到處亂竄窺探，不時露出銳利懷疑的眼神，扁塌鼻，嘴巴暗黑沒有菱角，上唇彎如弦月，比下唇大一倍，合起來像一只翻倒的小舟，身旁站著一個二十七、八歲的青年，是順嫂的兒子，名字叫黃長德，身型高瘦單薄，長相普通五官像順嫂，差別是上唇薄下唇厚，口裡叼著煙，深綠的長袖衛衣，石磨藍的牛仔褲有點髒，左手將寶藍色的外套勾在左邊膊頭上，步履輕佻，顧盼自豪，故作英俊瀟灑的姿態。「媽，我已經跟你說不要參加這些廣東超值團，香港這邊的旅行社將我們賣給深圳的旅行社，深圳那邊又將我們判賣給那些導遊，導遊將我們買下只是帶我們去購物，沒有景點遊覽，強迫我們購物賺取回佣，最要命全團都是阿公阿婆，沒有一個索女。」黃長德說。「阿德，我也知道，一百九十九元二天遊，住四星級酒店，專車接送，早、午、晚共四餐料理，比起在香港到「大家樂」吃快餐還要划算，只要我們打定主意不買任何東西，我們是賺到了，不料遇上了那個潑婦。哎呀，陳太、李太、張太、你們也在這裡，讓我告訴你們我在大陸的慘痛經歷，如何奮力惡鬥潑婦導遊阿珍。」順嫂說罷，硬拉著剛才那幾個歐巴桑說話。

「那能這樣撿便宜？」「順嫂，今次又有什麼奇遇？」圓臉的陳太好奇地問她。「唉！我們剛從大陸旅行回來，真是一肚子氣。」順嫂說完停下來等著別人追問。「發生了什麼事情？」瘦巴巴的張太問。順嫂即時顯得神氣回答：「我們上了賊船，吃過午飯後，惡女阿珍將我們送到茶葉店買東西，那些茶葉雖然貴，我不是買不起啊，就是怕是有農藥嘛，吃壞肚皮，跟著一家接一家去購物，完全沒有景點旅遊，我的兒子走出店吸煙透透氣，也被她兇悍地趕回店裡，最後回到車上被她教訓了一頓，我也不記得她說過什麼惡毒的說話，不過阿德將惡女阿珍責罵我們的過程用手機拍下來。囝囝，放那條片段給伯母看。」黃長德從外套取出iPhone，調校後遞給那幾個歐巴桑，她們湊在一起看，畫面出現一個高瘦的中年女人，頭髮攏向後，左右二邊翹起好像一雙尖角，細長眼睛，眼尾微微向上斜吊，嘴唇尖而突出，像只烏鴉隨時飛來偷啄獵物一樣，黑著臉指手畫腳說：『你們是我曾經帶過的團之中最吝嗇的一團，為什麼你們不購物！上天很公平，這世界怎可能有免費午餐？我們不是做慈善，你們要吃飯，我也要吃飯，你們吃我、住我、用我的，這一輩子不還，下一輩子也要還，人要臉，樹要皮，在家窮無所謂，出來就不要這個樣子，對不對？如果在下一間店你們還是不多點購物，今晚沒有飯吃，我會把房門全部鎖起來，沒需要去住嘛，消費不夠，對不對？』」

「真是太霸道了，後來怎樣？」陳太問。「之後她送我們到一間本地的工藝品店，那些商品實在太貴了，經看不經用，團友們看的多，買的少，最後大家走出店外，發覺不見了那個貪心潑婦導遊阿珍，連那輛旅遊車也失踪了，惡女阿珍將我們遺棄了，大家慌了起來不知如何是好，幸好還是我的囝囝英明神武，他問了其他人香港旅行社的電話，跟著打電話去交涉，起初香港那邊旅行社不肯認賬，後來我們恐嚇要到香港旅遊發展局投訴，他們才答應安排另一輛旅遊車送我們到常平市一間的飯店，飯店費自付，真的很小家。住了一晚，今早我們一行人回來到香港旅行社理論，幾經波折終於每人退回一百元，唉，還不夠昨晚的住宿費，我發誓以後也不參加這間旅行社。」「媽，這些糗事，不要再說嘞，囉嗦下去只會丟人現眼。」黃長德說，瞥見步如嫣從辦公室走出來，快速上前耍帥，用左手按在門框上，單腳站立的姿態如性格明星，攔住步如嫣的去路，步不想在他的胳肢窩下走過，停下來狠狠地罵了句：「請你讓開！」黃長德沒了面子，不情不願移開了手，突然將手跌在步如嫣的右肩膀上，步嚇了一驚，及時向後跳回辦公室去，怒不可遏用冷冰冰的聲音表示：「請你自重，我嚴正告訴你，我跟你不是很熟絡。不要隨便毛手毛腳，我是警察，隨時可以告你襲警；我是女生，告你非禮。」「見到妳真高興，要是妳肯穿上漂亮的碎花裙子，配上妳優美的長腿，那樣的風采是一級棒，真的令人神往。幹嘛說話這樣兇，人家可是妳的老相識。」黃長德吃了步如嫣的豆腐，還露出調侃的表情等著步如嫣的反應。

如嫣氣極了出不了聲，黃繼續耍無賴地說下去：「不理睬也罵二句啊，索女。」如嫣黑著臉忍著氣毫不理會他，快閃回到辦公室，用力把門嘭的一聲關上，黃長德踢到鐵板，訕訕地走開。這時電視要播放新聞簡報，那些歐巴桑聽到前奏音樂立即對順嫂說告辭，交頭接耳忽忽結伴離去，順嫂不明所以，也沒有留意電視播放新聞，還喃喃地自言自語：「這些三八吃錯了什麼藥，怎麼突然像見鬼一樣？」抬頭看見楊慧晴母女走出來，大喊：「楊姑娘，發生了什麼事，為什麼她們走得那樣匆忙？」「我也不知道，妳們不是在聊得起勁嗎？想是她們趕著去買菜做飯。」楊皺眉頭回答像是說這些事為什麼要問我。「是啊，剛才還談得好好的嘛。現在才一點多，街市還沒有開門，哪有這樣早去買菜？她們是不是有事瞞我？」楊慧晴微笑沒有回答。「老媽，不要管她們吧，要不然妳的高血壓、心臟病、糖尿病就會變得嚴重，雙腿發脹，我累得要命要回家睡覺，今晚約了人會玩得很晚，快點走吧。」黃長德很不高興硬要拉著順嫂回家去。「臭小子，你不要整天胡說八道咀咒我，我很著緊我的糖尿病，每次都準時吃藥，藥丸也隨身帶著。」順嫂一邊走一邊絮絮不休地叨唸。二人離去後，母女倆同時鬆了一口氣。楊慧晴問起女兒：

「妳對黃長德的態度很惡劣啊，說到底也是一起長大的鄰居。」「我才不要這樣的鄰居，他是個孬種，大我們幾歲，從小總是欺負我們，稍大一點，對我們女孩子毛手毛腳，滿腦子是色情的歪念頭，我們都不喜歡他，見到他會遠遠避開他。現在他生活得像個小混混，不務正業，說自己是保險代理，其實是到處騙女孩子，聽說他在曾騙得一個外國回來的熟女留學生很慘啊。」「妳是從哪裡知道？」「在這裡啊！那些歐巴桑每天都在嚼舌根瞎扯，我也是無意中聽到的，妳這個社區中心是交換東家長西家短的地方，也是醜聞是非的集散地。」「閉起妳的烏鴉口，妳當我這裡是什麼地方。妳是警察，凡事是要講證據，這種口耳相傳的小道消息，很容易以訛傳訛。」「總之我是看透黃長德的為人，他絕對不是我的朋友。」步如嫣對媽媽的責備毫不在意，意態堅決。這時楊慧晴的手機響起來，拿起來一看，面無表情。步如嫣好奇詢問：「是誰打來？」

「是周先生！他傳了一個短訊給我。」楊說，將手機遞給步如嫣。步拿過來看，短訊是半闋詞，上面寫著：『昨夜西風殘月，夢乍醒，無處覓，天涯暗斷腸，枉相思。』「周先生竟然這樣好文采，寫詞送給妳，向妳訴衷曲為妳相思為妳斷腸耶。」「有些男人只會長大不會長老，永遠是大孩子，周先生就是這樣的人。他是從網上得知有一個網站將宋詞出現的熱門詞句編成號碼，只要隨意按下數字，便會聯成一首似模似樣的詞句，於是付錢下載下來，亂按一些傳給心儀的女子。」「妳也承認妳是他心儀的女子，他肯花心思討妳歡心，表示對妳有情，老爸走了也有十年了。按現在的說法，妳只是屬於超級剩女那一欄，不過，還有很多機會喔，周先生是妳的老朋友？小時候從未見過他，這幾年突然露面黏在妳身邊追求妳，難道妳沒有感覺？沒有心動過？」楊慧晴聽到這話，表情複雜古怪，很快地接話：「妳真是比我還要開明，趕著為老媽做媒，我只是打個比喻，不過天要下雨，娘要嫁人，到時妳不要躲在一旁哭就好了。」

「媽，妳真的要嫁人？那我怎麼辦？」步如嫣一臉認真。

「真是受不了你，別人的女兒總是聰明伶俐，說一懂二，妳就大愚若智，整天裝可愛在演戲，我不跟妳胡扯了，討論到此為止。妳不是說今天有一個軍裝警員轉到妳部門向妳報到嗎？還不趕快上班。」「還有時間，我們再聊一會嘛。」如嫣把手伸進楊慧晴的臂彎。「好了，但是不準再說到周先生。妳有沒有交往的男朋友？」楊慧晴拗不過她。

「我才不會浪費精力在男生上，我要為我的事業打拚，我不跟妳說，我上班去。」

第二章

步如嫣回到警署，到更衣室換上便裝，她是刑警所以不用穿軍裝，她在鏡屏前後左右側身照了好一會，確認衣履整齊才回到自己的位置上，聽到上司的辦公室傳出洪亮的聲音，跟著有人很有朝氣地回答，那個剛當了二年軍裝轉來刑事偵緝部的同事已經到警署報到，他會坐在她的前面，早一天步如嫣叫清潔的歐巴桑打掃好了，她再檢視文具已經安排妥當。

過了好一會，上司盧警部領著一個中等身量小骨架、雙眼靈活、年紀二十出頭的男生出來介紹給如嫣：「步督察，這是白揚，妳的部下，以後跟妳。」

「知道了，盧警司。」

「步督察，我是白揚，請多多指教。」白揚學著日本人口吻說話，還微微鞠躬。

如嫣帶他到各處認識其他人，然後回到他的位置給他一個委任證，指每次出入警署都要按在密碼鎖上，及上班編更的時間表，之後又給他幾個案件的檔案讓他研究。到了七時多的時候，她對白揚說：「我們現在走吧，去吃晚飯。」「嗯，好的。」二人把枱上的手提電腦、文件鎖進抽屜，白揚揹上一個斜揹袋擱在屁股上，走路時斜揹袋隨著步伐節奏彈跳，他像個小學生跟著步如嫣。警署位於城市的旺區，街上燈火通明，馬路塞滿汽車，行人摩肩接踵，強國遊客拉著體積龐大又笨重的行李箱、抱著大包小包的禮品橫衝直撞，不顧別人的安全，有些不理會別人的感受一邊走一邊吸煙，令空氣更加烏濁，白揚卻毫無知覺四處張望。

如嫣跟他來到一間位於在地庫的連鎖快餐店去，那裡的裝潢像從模子倒出來，三種顏色，地板是黑，牆壁和塑料椅子是橙，枱面是白，靠牆是一列長椅，長椅對面有椅子，中間隔著枱，形成四個位置為一組，二組的枱椅之間只容得一個人通過，要是ＢＭＩ超過二十四的人肯定要側身才能走到裡面的座位。人很多很擠，幸好空調足夠給人涼快的感覺，步如嫣與白揚在餐飲供餐牌前研究，最後白揚要了一個起司肉醬意大利麵和凍檸檬茶，步如嫣要了一個廣東式四寶飯和熱綠茶。如嫣走到付款處購票，白揚正要跟隨幫忙，她看見有一組枱椅裡面的座位有人離去，對白揚努一努嘴，白揚立刻機敏地飛快跑進去，把斜揹袋放在旁邊的空位佔了另一個位置，迅即取出手機，低著頭雙手按個不停打電玩。一個歐巴桑走過來俐落地收起托盤及用濕布清潔枱面，她拿著二個托盤連碗筷巧妙地穿過狹小的通道，在人堆中左右蛇行回到廚房去。

步如嫣走到取餐處跟著人龍排隊，忽然聽到吵架的聲音，一個年約三十出頭穿著運動套裝的女子咆哮，隔著掛滿了白斬雞、烤鴨、烤肉的廚櫃指著廚師大罵，二人對罵不久，那個女子隨即攤在地上，手腳在空中不停亂動揮舞，尖聲嚎叫，像一條肚皮朝天的肉蟲，其他人圍觀側目而視，女子吵嚷了好一會，步如嫣按捺不住大聲喝道：「我是警察，妳在這裡大吵大鬧，已經觸犯了擾亂公眾秩序的法例。」─「妳說妳是警察就是警察嗎？我也說我是警察。」女子依然躺在地上挑戰步如嫣。「妳要是仍躺在地上的話，我拉妳回警署問話。」如嫣從口袋裡拿出委任證。女子施施然站起來，拎著委任證看過後不屑地說：「很了不起嗎！警官！」步瞪她一眼，一個貌似經理的中年男人向那女子勸說，那女子才悻悻然取過一碟菜肴豐盛的米飯，還向那廚師露出勝利的笑容，走到一張枱上享用，其他顧客很快恢復次序排隊，像沒事發生過繼續領取食物。步如嫣捧著二個盛著食物的托盤，在人群中穿插，險象環生，對白揚叫了一聲，白揚才知機上前幫她取下其中一個托盤，二人回到座位進食，白揚沒有把起司、肉醬和意大利麵撥亂，用叉子優雅地把麵條捲成小卷一小口進食，如嫣看見也放棄一貫跟男同事吃飯時大口大口的吃法，改為一小點地吃。

「步督察，妳剛才很有氣勢，簡直是巾幗不讓鬚眉，不過我忙著打機，錯過了事件最精采的部分。」

「那個港女要了一碟四寶飯，指定要鹵墨魚，可是鹵墨魚剛好賣完，她十分堅持，得不到就躺臥在地上抓狂，這就是港女的性格。」「那女子正是運用叢林求生法。不過妳們港女的不良特質也令我們吃不消，如自戀、自命不凡、拜金、霸道、漠視他人的權利，對別人要求很多，自己卻不願付出，有事發生時錯的只是別人，自已絕對沒有錯。」「你知不知道自己在說什麼？」

「我知道，剛才我讚妳是女中豪傑，虎背熊腰，孔武有力，媲美男子，不過就算妳再努力十年，也做不出港女裝高貴，故作矜持的樣子，所以妳不在港女行列。」白揚仍是得意忘形的模樣。

「你這個宅男，不，你不是宅男，是毒男。」

「剛才那個女子是染了香港風土公主病，而且還會惡化變種做公主癌。」白揚對步如嫣的指責不以為然回答。

如嫣心中有氣，倏地換了一副面孔微笑：「白揚。」

白揚看見這突然的笑臉，警戒地看著她。

「我們管轄的地方有許多強國來的美女，幹著不法的勾當。」

「妳指的是賣淫？」

「真的是冰雪聰明，你第一個任務是假扮嫖客，到一樓一鳳搗破她們的巢穴，捉拿她們歸案。」

「吓。」

「不要這樣子看我，我們的責任就是維護法紀，維持社會秩序。但是你要裝得像點，要有猥瑣相，唔，你的做型是鬚根男，留著小鬍子，幾天不洗頭髮，髒兮兮、色迷迷的看著那些強國女人，那樣的扮相才似嫖客。」

「留鬚！扮嫖客！我不要。」白揚神經兮兮地叫道。

如嫣看著他嚇得驚惶失措的樣子笑著說：「放工回家好好睡一覺，做好心理準備，我們回警署咯。」

第三章

第二天早上步如嫣回到警署，大家正埋頭苦幹。

突然白揚跑進來興奮地大喊：「大件事！有人死在我們管轄的警區。」「不要高聲叫嚷，這是辦公的地方。」如嫣眉頭一皺。白揚噤聲，這時盧警司走出來瞟了他一眼，然後下達指令將調查的工作交給步如嫣，如嫣領著白揚、另一個同事彪叔出發，途中向駕車的白揚問道：「命案的地點在哪裡？」「就在旺角與太子交界的一間聯誼會，一個青年男子死在其中一個包廂裡，聯誼會一個上早班的工作人員發現後，打電話給負責人請示後再報案的。」

「對了，什麼是聯誼會？」白揚問。

「香港的聯誼會是領有『民政事務署』簽發的合格證明書，俗稱『會所牌』，名義上是私人俱樂部，只為登記會員服務，會所供應餐飲膳食及提供娛樂設施，這樣就能避過許多衛生消防條例，變相為餐飲業，發展至今任何人都可以到此等地方玩樂，主要是打麻將，唱卡拉ＯＫ，他們會在這些地方玩通宵。」如嫣回答。

「那不就是非法賭博嗎？」

「根據香港法例，如果提供賭具如麻將牌及籌碼等收取租金或佣金的，賭客、會所的經營者及職員就有可能觸犯賭博罪行。香港人心思靈活善於鑽空子，經營者會收取包廂費，或者在餐飲上提高價格，麻將牌、籌碼及其他賭具是免費供應、又不抽取佣金，在這方面會員和顧客心領神會，甘心付出略高的包廂及餐飲費用，雙方便能避開法律的刑責。」一步如嫣細心解釋。

不久車子抵達案發地點，那裡離著名景點『花墟』和『雀鳥街』不遠，附近一些店鋪如便利店、小吃店、花店等已經開門營業，一間獲得『米芝蓮』一星的廣東點心店更是門庭若市，酒吧和餐廳仍是休業，地上佈滿隔夜的垃圾如狂風掃落葉，有幾隻野貓在其中搜索，空氣中混和了酒精、醉客嘔吐物的霉臭味，人體汗酸味，一片城開不夜的糜爛放縱殘照。

聯誼會位於一座舊式商住大廈，地下至五樓是商業用途，以上樓層是住宅，大堂有二座升降機，其中一座專供二至五樓使用，旁邊有一條消防逃生樓梯直達天台，聯誼會佔用了五樓的半層，他們上到聯誼會，入口處已經被警方的塑料帶封鎖，進門後右邊是一個簡單接待櫃台，裡面是一個橫向的長方型大廳，大約三十平方米的大廳，放置約十張大小餐枱，其中一些枱面上還留有麻將、天九牌，警方人員正在大廳搜證，大門另一頭有一條走廊，走廊的二旁間格成共六個包廂，案發現場是走廊盡頭左邊的六號包廂，門是向內打開，空氣十分污濁，包廂的面積不大，大約是八、九平方米，沒有窗子但安裝了空調機和抽風扇，房間的盡頭備有電視機及卡拉ＯＫ設備，左方放了一張圓形的餐桌，桌面上有一個放有火窩容器的手提小型石化氣爐、爐上有半滿的容器、窩蓋、碗筷、十來個空啤酒罐，吃賸的食物，幾張椅子，其中一張的靠背搭著一件深藍色的西裝外套，一張小几，几上還有二籃死氣沉沉的蔬菜，二邊是牆貼著明亮的牆紙，略為加添房間的生氣，再過一點貼牆有一張長沙發對著電視機等電器，沙發上躺著一個男人，是死者。

「死者叫什麼名字？」步如嫣問。

「死者叫黃長德，男姓，年紀是……」一個中年警員拿出他的日記簿報告。

「什麼？黃長德？」步如嫣打斷警員的說話，快步走到死者的面前，她看著如熟睡一樣的他，微捲漆黑濃密的頭髮用許多髮膠向後梳，穿上淺紫色襯衣，還別了銀色的袖扣，沒有繫領帶，左手戴著新款卡地亞手錶，尾手指的白金戒指閃閃生輝，同色系深藍長褲，雙腳穿上黑色襪子，沙發下有一對擦得發亮的尖頭黑色皮鞋，再細看一下，發現黃長德的人中黏少許些白色的粉末。

彪叔無聲無色移到步的身旁端詳死者，接著開腔問：「他是妳的朋友？他的裝扮很有氣派。」

「不是，是不常見的鄰居。」如嫣回復常態回答，跟著對剛才的警員說話：「師傅，請繼續。」

警員將如嫣、白揚和彪叔請到另外一個房間，眾人坐後警員說：「死者年紀二十八歲，職業不詳。根據會所早班職員的口供，昨天死者下午打電話來訂下房間，指定要這一間，說大約七時到達，因為他是熟客，職員特別空出這間房留給他。死者準時到達，到了今天早上七時正交房的時間仍未離去，早班職員拍門沒有反應，發覺門在裡面反鎖，於是用備份鎖匙打開房門，發覺死者身體冰冷僵硬，沒有呼吸，打電話給負責人報告出了命案，負責人叫他報警，警方八時到達，現正聯繫夜班同事回來落口供。」

白揚在電腦不停按鍵錄取口供。

「師傅，請叫早班職員來問話。」如嫣對警員說。她看著電器開關下面的貼在牆上的通告，上面寫著：『有人在房間時，請保持空調機開著。』

警員出去一會帶了一個中等身材，面貌敦厚的中年人進房，如嫣請他坐下後遞上委任證給他看後發問：「我是步如嫣，是負責這件案件的督察，其他人是我的同事，阿叔，如何稱呼？」

「叫我阿忠，長官。」

「忠叔，你好，多謝你的合作。我想知道一共有多少個早班及夜班的職員？上班的時間是怎樣？」

「我的上班時間是上午七時至下午五時，早班只有一個職員，除了我之外還有一個廚子，他會先去買菜肉材料預備午間及晚上的供餐才回到會所，我來到時與通宵看更接班，跟著查看客人走了沒有，再打掃房間及大廳，清點存貨，點算昨晚的收入，那是夜班職員將昨晚所收的現金及確認字條放進夾萬去，大約九時廚子回來，我到銀行存入昨晚的收入，回來後到廚房幫忙，十二時兼職收銀員、服務生和廚房幫工上班，午飯時間我和服務生招呼客人，午飯後約二時半收銀員他們離開，六時她跟另一個兼職服務生和廚房幫工回來上班。下午會有客人租房打麻將，我待在大廳當值到五時，跟另一個夜班職員接班，他服務到晚上十二時下班，之後就只有一個通宵看更在守候。」

「那麼是你接到死者來電訂房間？」

「是黃先生打來，他是熟客，當時是昨天二時左右，他指定要最尾那一間六號房間，約七時到達，還說要吃火窩，叫我預備最好的加拿大肥牛肉和美國生蠔。」

「是幾多人份？」

「他說是二人份，但是他說預備多一些，他很懷念香港的食物，我預備了三個人用餐的份量。」

「他有沒有說其餘那個是什麼人？是男的還是女？」

忠叔用一種責備的眼神瞄了步如嫣一眼，「他沒說，我沒有問。」

「你是如何發現死者？」

「客人在租房時告訴職員租用時間及即時付清房租，餐飲費在點餐時先付款，所以客人在租用時間內可以隨時離去，不用另外通知職員，這次黃先生訂房時說租用到通宵，來到後他付清了房租費，至於餐飲費要問夜班的強哥。今天早上我如常檢查房間，發覺黃先生的房間鎖上了，叫門也沒有人應，可能客人走的時候順手按下按鈕把房間反鎖，便用備份鎖匙打開，打開房門後發覺電燈、電視機和卡拉ＯＫ是關上，空氣悶得令人頭暈作嘔，我想可能空調機是調低了，亮了燈才發現空調機和抽風扇是關上的，於是把空調機和抽風扇開著，黃先生睡在沙發上，我走過去想把黃先生叫醒，發覺他全身冰冷，再按他的鼻子沒有呼吸，連忙退出房間打電話給東家林先生，沒有移動或碰過任何物件，林先生叫我報警及通知其他人回來會所，半小時後警察到來，接著是你們了。」

「你上早班，怎知死者是熟客？」彪叔問。

「我跟夜班的強哥是每月掉更，輪班上早、夜班。」

「死者到的次數是否頻密？」步如嫣問。

「死者大約每隔三、四個星期會來一次，都是跟朋友一起來打通宵麻將或者唱卡拉ＯＫ，這種情況已經有持續了二，三年。」

「他的朋友是男是女？」

「一起來的有男有女。」

「有沒有單獨跟女子一起到來？」

「年中都有好幾次，都是不同的女子。」

「是怎麼樣的女子？」

「什麼類型也有，都是漂亮的女人。」

「有沒有來過好幾次的女人？」

「我沒有留意。」

「沒有其他問題了，謝謝你，忠叔。如果想到什麼事情，請打這個電話給我。」如嫣雙手送上她的名片，跟著白揚列印他的剛才的口供，忠叔看過後在上面簽上名確認。

警員說夜班的職員強哥已經回來，如嫣請他進來。強哥長得像一支竹，高瘦清瞿，頂上卻無毛，五十歲上下年紀，聲音響亮。介紹過後步如嫣問：「強哥，你是否認識死者黃先生？」

「不太熟悉，他是客人，是常來的客人。」

「昨晚死者是否單獨到來？」

「他是一個人到來，跟我打過招呼後逕自走進房間去，阿雯跟著進去點餐。」

「有沒有客人點名要找他？」

「沒有啊，租用房間的客人都是熟悉這裡的運作，很少要我們幫忙。」

「有沒有看到客人進出死者的房間。」

「昨晚生意不俗，我忙得要命，根本沒有注意客人出入，而且大廳跟黃先生的房間有段距離，所以我看不到有什麼人出入過黃先生的房間。」

「他平常的穿著怎樣？」白揚問。

強哥停下來想了一下。「他通常是和一班人來，都是T恤夾克破爛牛仔褲和波鞋，頭髮蓬鬆。昨晚穿得很體面，還戴上閃亮的銀錶，用髮膠膠了一個飛機頭，差點認不出他，他身型高挑瘦長，穿起時尚收腰的西裝、窄褲管很好看，簡直是帥呆了。」強哥語氣豔羨。
「他有沒有曾經作如此隆重的打扮？」步問。
「年中也有二，三次，都是跟女人一起來。」
「上次是幾時？」
「是今年年初。跟一個化了濃妝，身材挺好的妖冶女人一起來，也是吃火窩，不過逗留了約二個小時就走了。」
「什麼時候？」
「差不多十一點囉。」
「什麼年紀？」
「都三十過外，與黃先生走在一起像二姊弟。」
「你的記憶力真不錯，昨晚有沒有那個女人？」
「沒有。」
「有沒有其他客人走進包廂那邊？」
「昨晚有幾個客人走到那邊去，印象中有黃衣人、黑衣人和藍衣人走動。」
步如嫣用眼神詢問其他人有沒有問題後結束偵訊：「謝謝你，強哥。」
接著警員帶進兼職的服務生阿雯進來，阿雯是個十八，九歲稚氣未脫的可愛女生，身量跟如嫣差不多一樣高，今年是重考中學文憑試。

「阿雯，妳在會所幹了多久？」
「大約有半年多了，是在文憑試放榜後，一個伯父介紹我到這裡兼職。」
「昨晚妳進去房間點餐，有沒有發覺特別的地方。」
「沒有呀，一切如常，空調機和抽風扇在開動。如果妳問我什麼不同，就是黃先生英俊得令人眼前一亮，超酷死了，他跟女生說話時很溫柔動聽喔，又愛說笑討喜，看人時直看著妳的眼眸，使人害羞不好意思，可惜死了。」
步如嫣聽到她如此讚賞黃長德不覺失笑。
「他點了些什麼東西？」
「除了他指定要的肥牛肉和生蠔外，其餘都是火窩食材如肉丸、活蝦、魚、豆腐等東西，不過他要了二籃蔬菜，半打罐裝啤酒和二罐可口可樂。」
「他說只要二人份的餐，幹嘛要了這麼多的東西？」
「不是啦，他叫我拿五份餐具，我連同食物，石化氣爐拿進去。」
「當時是幾點？」
「約七時十五分。」
「之後妳有沒有再進房間？」
「有哇，是黃先生出來說石化氣沒有啦，叫我拿一罐新的石化氣進去，我看著他換石化氣、點火和調到最大火，窩裡只賸下一半水，我問他要不要加滿，他說不要。」

「妳在房間有沒有見到其他人？」

「沒有耶，可能去了洗手間，我看見有一條圍巾掛在椅背上，二份餐具是用過的，食物也吃掉了一半。」

「是什麼樣的圍巾？什麼時間？」

「是機打毛線的藍色圍巾，很普通，男女可用的式樣，在『廟街』可以買到那一種，當時是大約是八時三十分時。」

「一罐全新的石化氣可用多久？」如嫣問。

「那要看火力有多大，小火最多可用約二個小時，中火一個半小時，大火一個小時。」

「死者有沒有再出來？」

「有哇，大約九時他出來再要半打啤酒，他等著我拿啤酒，所以我沒有進房間，直到十一時我下班時黃先生也沒有出過來。」

「有沒有看見有人進出死者的房間。」

「昨天客人很多，做了二輪生意，我根本沒有空留意有什麼人曾進出黃先生的房間，只瞥見一個穿藍色夾克連帽子和戴口罩的人走去裡面，也不知道是否進入黃先生的房間。」

「是男生還是女生？」

「不知道，我只看見背影。」

「之後有沒有再見到穿藍色夾克那個人？」

「沒有耶，整晚以後也再看不見那個穿藍色夾克的人了。」

步沒有其他問題，阿雯退下去，法醫李先生進來報告

「初步檢查，死者身體沒有明顯的傷痕，死因是窒息，估計死亡時間是昨天晚上九時半至十一時，要解剖屍體才能確定，如果沒有其他事情，我將屍體及證物帶回去。」

「請等一下，死者的父母正在前來確認死者身分，之後才能移送遺體和驗收證物。」

李法醫回應後離開，警員把東主請進來，東主林先生是一個略矮肥胖的中年人，一副生意人的樣子。步如嫣問他：「這間會所開了多久？」

「也有二十年了，是我老爸留給我的，真是倒霉極了發生這樣的事情，客人知道了不會上門，肯定會影響生意喔。」

「這些用木板間格的房間都是二十年前造下來嗎？」

「以前是四間的，但是近年ＶＩＰ房間需求大，於是將大廳縮小改建為二間ＶＩＰ房，再重新裝潢，一共六間。」

「房間都是密閉式的，是否符合消防條例？」

「不是啦，只有五號和六號房沒有窗，已經全都依照消防條例，二個房間裝有煙霧探測器，自動滅火灑水系統，空調機是那種能夠從外面抽入新鮮空氣進房間的型號，還有強力抽風扇抽走房間裡的污濁空氣到街外去，確保室內空氣流通，房間裡面張貼了警告說有人在房間要開著空調和抽風扇。六個房間都裝有優良的隔音設備，在裡面打麻將或拉大嗓門唱卡

拉ＯＫ外面也聽不到，有一次一個客人特地租了房間打最新的電玩，他說家人嫌電玩太嘈吵。」林先生辯解說。

「昨天你在嗎？」

「昨天是星期五，生意特別好，客人也很多，我有回來幫忙。」

「你是什麼時候來到和離去？」

「我是六時半來到，大約是九時半離開。」

「有沒有見到生面孔的客人？」

「我也不大清楚啊，我只是星期五、六、日或假期的晚上到來幫忙，其餘的日子都是工作多年的僱員打理。」

剛問完林先生，外面傳來一種像野獸嚎叫的聲音：

「阿囝，阿囝，你在那裡？你不要嚇唬阿媽啊，那些人咀咒你死了，我不信，你身體強壯，長命百歲，福星高照，怎麼會說去就去。」步如嫣走出房間看見一團肥肉跌跌碰碰衝過來，看見如嫣後死命抓著她的手：「小如，妳告訴我，那不是真的，阿德沒有死去。」

「順嫂，妳先冷靜下來，進房間裡辨認死者是否黃長德？」

「是啊，妳不要再囉唆，進去弄清楚才說。」說話的是一個鮪魚腩的中年男人，露出滿嘴煙垢的黃板牙，呼氣和身上都有煙臭，暗黑色的頭髮會誤以為他四十歲出頭，可是髮線明顯向後退和那雙眼袋恣意吊掛在眼瞼下出賣了他，猜得到他是快要六十歲了，眉尾亂雜，眼睛有點向外突出，不笑時眼尾也摺了幾條魚尾紋，扁鼻樑厚唇，身材高大，肌肉鬆弛，身穿有領紅色T恤、黑色西褲配淺棕色皮鞋，頤指氣使，說話帶著權威，感覺是一個慣於發號施令的人。

黃潮順夫婦二人進入房間後不久，又傳出了順嫂的尖銳的哭叫哀嚎聲，

「阿囝，真的是你，你死了，叫我以後怎樣活下去，嗚嗚……。」

大家也不知如何勸導她，如嫣硬著頭皮問她：「順嫂，妳確認是黃長德？」

「妳也認識他，怎會不知他是阿德！」

「這是我的職責，是要親人或熟識他的人確認死者的身分。」

「他是阿德，他身上這件淺紫色襯衣和藍色西裝都是我昨天熨的。」

「他有沒有告訴妳昨晚跟什麼人約會？」

「昨天妳也在社區中心，妳也聽到他說和朋友玩通宵。」

如嫣皺了一下眉頭，「之後他有沒有再跟妳說約會什麼人？」

「沒有啦，我不知道。妳不要再問我啦，我不想再回答了，我只想哭，大哭一場，我阿德死了，我的兒子沒有了，我下半世倚靠誰來養我，我不想做人了。」順嫂說完，雙手不斷捶胸頓足嚎啕大哭。

「不要再吵，妳這樣子很失禮，我們先回去。各位，等她情緒平靜下來，你們遲一會再到我家問話。」黃潮順高傲地向步如嫣等人總結。

「都是你，都是你作的孽，累死阿德，現在有報應了，沒子送終。」順嫂突然向黃潮順發難咆哮。

「妳在瞎說什麼，妳這死三八，老虔婆、掃把……」黃潮順指著她怒罵。

「伯父，不要對女人說髒話。」步如嫣及時出口制止。

黃潮順瞪了如嫣一眼後，怒氣沖沖獨自走掉。

順嫂仍在嗚咽，大家面面相覷，不知如何收拾殘局，步如嫣只好充當社工好言相勸，親自送她回家。彪叔駕車，白揚在副駕駛座，步如嫣和順嫂坐在後座，順嫂仍在啜泣，好不容易才問到順嫂一個女親戚的電話，聯絡上她，著她到順嫂家裡陪伴順嫂。

順嫂一家住在一幢六層高舊式唐樓的四樓，三房二廳的格局，一梯二戶，是他們早年買下的，沒有升降機、沒有看更、也沒有監察電視，不過座落的地點極佳現在很值錢。送順嫂到她四樓家門，順嫂的親戚已經在門外等候，步安慰了順嫂幾句後與白揚、彪叔返回警署。

第四章

步如嫣、彪叔和白揚在警署研究案情，白揚報告說：

「發現死者時石化氣爐仍是開著的狀態，扭按調校到最小火力，沒有火焰，因為石化氣用光了，窩蓋打開放在桌上，窩裡只賸下一半水，房間的電視機、空調機、抽風機是關掉的。」

「死者在密封的房間吃火窩，如果石化爐保持開著，空調機和抽風扇關掉，沒有外來空氣補充，室內的氧氣很快會用盡，釋出大量的未完全燃燒的一氧化碳和二氧化碳，房間是名付其實的毒氣室，這種情況就如密室燒炭一樣，時間一久令死者缺氧而死。」

「我看到房間張貼了警告，說要是有人停留在房間，必須保持空調機運作，死者是熟客，他一定知道這個警告，吃火窩的時候身體會比較熱，死者脫下外套便能推斷，所以死者不會隨意將空調機關掉，他嗑藥和中了二氧化碳毒，理應是昏倒在地上，不會走到沙發還脫下皮鞋躺下，房間另外有別人。結論是他喝醉了，那個人扶他到沙發睡下，沒有關掉石化氣爐，然後將空調機和抽風扇關上走了，關鍵是那人是否故意關掉空調機和抽風機。」

「有一種可能是死者嗑了藥陷入半昏迷，忘記關掉石化氣爐，迷迷糊糊走到沙發上躺下，後來發覺太冷了，又沒有東西蓋著保溫，起身把空調機和電燈關上再睡，忘了那警告，嗑藥及酒醉不醒缺氧而死。」

「他嗑了藥，可以走去熄燈和關空調機嗎？」

「那麼他的客人是很重要的證人囉。」

「也可能是兇手。死者手機和八達通的紀錄有沒有線索？」

「死者的手機不見了，我根據手機的號碼找到了電訊公司，要求他們提供通話記錄。其中有幾通電話是死者跟朋友通話，已經邀請他們到來問話，其中一通電話是死者打給非月費用戶，時間是六時三十分，有二通是由公共電話亭打給死者，時間分別是五時及八時，故此有三個不知身分的嫌疑人，可是仍未能取得死者在大陸的電聯記錄。死者前二天在大陸，八達通沒有這二天的搭乘記錄，昨天死者中午十二時在羅湖搭乘港鐵回家，六時十五分進入港鐵站，到達太子站的時間是六時五十三分，步行十分鐘至會所，七時左右到達，與忠叔的證詞一樣。」

「那二通由公共電話亭打給死者可能是同一個人，不知名的人可能是二個或者三個。死者手機的功能是否有拍照，儲存及傳送功能？」

「根據阿雯的口供說死者用的手機是最新型號的iPhone。」

「死者的財物呢？」

「死者皮夾裡的鈔票、信用卡、手錶及戒指沒有被取走。」

「只有手機被拿走，來人不是為財物。」

「手機可能儲存有不利的證據，死者喝醉和嗑藥後被人取去。」

「死者是六時十五分進站，但是六時五十三分才出站，共用去三十八分鐘，在這段繁忙時間，該程車程時間只須約二十分鐘，那麼多出來十幾分鐘他去了那裡？白揚，你到港鐵公司借他們的錄影帶查看，還有明天跟他們的朋友落口供時要問出他們跟死者接觸的地點。」

「昨天實際有多少個客人？忠叔指死者訂房間說是二人，阿雯說拿了五套餐具進房間，但是她第二次進去時，只有二份餐具用過。為什麼死者指定要六號房？」白揚提出疑問。

「死者指定要六號房，顯示到來的客人是熟悉該會所。明天法醫會給我們驗屍及證物化驗報告，到時可能釐清人數問題。其他證據怎麼樣？」

「十二罐啤酒和二罐可口可樂全喝光了。」

「他們還真能喝。還有沒有其他地方要討論，要不然明天拿到法醫報告再開會。」步如嫣望著二人說。

二人都說沒有問題後散會，之後步如嫣和白揚下班一起離開警署回家，時間離開吃晚飯尚早，步如嫣邀請白揚先到她媽媽的工作的社區中心，向媽媽問話，了解死者成長的環境，和現在的生活狀況。

當他們來到社區，經過政府房屋署的租賃辦公室，裡面傳來一陣陣大吵大鬧的聲音，步如嫣與白揚基於警察的本能防止罪案的發生，同時衝入署內，只見許多人袖手旁觀，幾名貌似職員的男女圍著一個手舞足蹈的婦人，看著她尖聲狂叫，該婦人大約三十餘歲，衣著普通，看上去不似精神病人，她用不純正的廣東話失控叫著：「我要上樓，我要上樓，我跟我的丈夫和二個孩子住在劏房，只有十平方米大，孩子都要趴在床上做功課，給我特快輪候公屋，凶宅我也要。」

「太太，我們已經把妳們放在特快輪候名單裡，但是申請特快名單的人已經累積了七萬多人，死過人的單位也十分搶手，現在沒有那種空置的公屋，請妳忍耐。」一個看似主管的女職員安慰那婦人說。

「那還要多久？」

「也說不準啊，一般輪候時間要三到五年，特快輪候也要一到二年。」

「妳當可憐我的孩子，給我一個超特快優先輪候，好嗎？我給妳錢，這樣行嗎？」那婦人已經回復平靜，捉住女職員雙手用普通話嗚咽地說。

「太太，這裡是香港，不是大陸。看在妳孩子的份上，我當聽到是醉話。」女職員用責備的語氣跟她說。

「對不起，我以為香港已經回歸祖國，什麼規範都是依照跟上大陸。我還要在劏房待多久啊？」

「我明白妳的苦處，公共房屋的需求實在太大，請妳多忍耐一下。有消息我們會通知你。」

「真的沒有辦法？」

女職員搖頭作答，婦人失望的哭起來，擦著眼淚蹣跚走出房屋署的辦公室，其他人陸續散去。

「凶宅那些公共房屋單位曾經發生非自然死亡的事情，如意外身亡、自殺、兇殺，中國人對這類單位很忌諱，要是入住這些單位不免會心裡發毛，一直以來編配率十分低，只要願意入住會很快得到上樓的機會，現在也變了搶手貨，香港人為求一宿被逼瘋了。」白揚說。

「很多人希望改善居住環境，冒著忌諱疙瘩接受，另一個原因是有一些住戶租住這些單位後，能夠以交還單位做條件，不用繳交土地價值以較低廉的價錢購買政府興建『居者有其屋』的房子。」如嫣跟著說下去。

「步督察也很了解時事。」白揚酸了她一句。

「比你略懂一點。」

二人走到隔壁的福群社，如嫣叫喚媽媽。白揚看見一個身量比步如嫣略矮的苗條女子從一群歐巴桑中轉身過來，女子熨著大波浪紋、到肩油亮的頭髮，微長的臉薄施脂粉，五官精緻，肌膚嫩白，與步如嫣的直髮鵝蛋臉，古銅色皮膚不像，是二種不同類型的美女，女子身穿赤銅色小黑圓點的襯衣，及膝的黑色裙褲，黑色的平底鞋，時髦又復古的打扮。

「媽，這是白揚，之前跟妳說過的同事。這是我媽，楊慧晴小姐。」

雙方點頭，楊慧晴先伸出手，白揚連忙遞出手握起來，楊慧晴說：「你好，白先生，我是如媽的媽媽，你可以叫我做艾美。」

「妳好，請叫我白揚。妳年輕得像步督察的姊姊，艾美。」

「謝謝你，你的嘴巴真甜。」楊慧晴淺笑回答。

「媽，他當過童子軍，愛日行一善。」如嫣立即說。

「真的是狗口長不出象牙，快點出去端茶吧。」

「這類的社區中心有什麼作用？」白揚問。

「香港人多地少，基層的市民家居大多很小，這些中心提供了青少年一個落腳點給他們參與一些有益身心的活動，不過現在的青少年大多沉迷電玩打機、iPad，很少來這裡，反而那些新移民婦女和附近居住的歐巴桑來得較勤快，差不多成為她們的社交場所。」

步如嫣用托盤端著茶進來，放下茶杯後說：「媽，我們管轄的警區發生了命案，詳情不能透露。死者是我們熟悉的鄰居——黃長德。」

「噢，真是意外，順叔二夫婦豈不是非常傷心，那是他們唯一的兒子，順叔是老一輩的潮州人，有重男輕女的思想，對要有兒子繼後香燈有著宗教一般的虔誠，這是他們根深柢固的思想、牢不可破的傳統。」

「媽，我們想知黃長德的背景。」

「要說黃長德，先要說黃潮順，黃潮順的父親是二次世界大戰後來由大陸到香港定居，結婚生子，黃潮順是獨子，五十年代出生，不愛讀書，小學畢業後，讀到中學二年級輟學，幹過不少行業，成年後加入警隊的小販管理部，後來小販管理歸入市政總署的一般事務組，現在叫食環署。黃轉職到市政總署，這些年升為行動組主任，是他的學歷所能升到的最高位置，收入不俗，退休後有長俸，後來與順嫂相親結婚，這門親事是由黃的父親安排，順嫂是他潮州老鄉的女兒，聽說黃父帶她到算命師傅那裡看面相和算命，說她是宜男相很能生孩子傳宗接代。」

步如嫣聽了嗤之以鼻，楊慧晴橫了她一眼繼續說：「婚後只有黃長德這個兒子，是八十後生的，跟黃潮順一樣也是無心向學，勉強完成中學，可是社會也改變了許多，就業情況不及父輩時那麼多機會，聽說現在是保險代理。他人品、性格、喜好、小時的生活妳也知道。」

「他自小就是一個孬種。還有，媽，我也過說妳這裡是情報收集站咯，有什麼小道秘聞可以告訴我們？」

「沒有啦，倒是有一個晚上順嫂強拉我去喝酒……」楊慧晴面有難色。

「步督察，不要為難妳媽媽好了。」

「我是警察，職責是要查根究底找出真相，最重要是找出兇手，況且媽媽所知的可能是有用的情報。」如嫣一副勇往直前的表情。

楊慧晴嘆了一口氣，走去關上門後說：「有一天晚上順嫂喝得很醉，細說她與順叔的過去，接著哭訴每天都在受苦，說順叔整天都用髒話罵她，拳打腳踢，嫌棄她沒生兒子，毆打她後北上玩樂不回家過夜，讓她有夫等於無夫。」

「他們不是已經有了黃長德嗎？」

「我說過順叔是傳統潮州人，想要很多兒子。有了黃長德之後再沒有所出，這是順嫂的私隱，不要告訴別人啊。」楊慧晴說完後欲言又止。

白揚看著楊眼睛轉了一轉但沒有追問。

「這是什麼時代，還有一定要有兒子繼後香燈的思想，女兒也有他一半的ＤＮＡ，這只是男人到處找女人的藉口，現在唯一兒子也死掉，看他還有什麼辦法。」步如嫣義憤填胸地發言。

「妳也說時代不同，上世紀初的香港，有家底，好人家的女子如前清朝的格格，中產家庭的女兒也會選擇能幹、富有的男人當侍妾，幾個女子同事一夫，這是當時女子能夠爭取社會地位的唯一手段。」

「順嫂是不是也有這樣的思想？任由順叔有外遇？」步如嫣用懷疑的口吻對著楊慧晴說。

「我不知道順嫂怎樣想，現在的女人不可能容忍自己的丈夫有別的女人。順嫂沒有特別的職業技能，只能接受順叔供養，俯仰由人，一直以來只能忍氣吞聲過活，現在黃長德死了，她的境況更是淒涼。」

步如嫣與白揚聽了不禁黯然。楊走去把門打開，裙裾飄飄。

「媽，妳今天是悉心打扮，是否與周先生約會？」

「如果配上一對褐色的高跟鞋，那就會是很完美喔。」白揚評論。

楊慧晴十分詫異看著他。白揚連忙補充：「我在家裡是最小的，對上有三個姐姐，加上老媽，一屋都是女人，她們如何打扮也跟我分享，問我男人的意見，三個女人一台戲，我和老爸也常常說受不了我們每天嘰嘰喳喳亂扯時裝、化妝、明星和八卦新聞。」

楊走回自己的位置坐下，在辦公室桌下取出一對褐色的高跟鞋換上，風姿綽約的走了幾下貓步。

「艾美，妳是美女啊。」

「白揚，你雖是男生，卻有著女性的審美眼光。這點觸覺我的女兒永遠不能學得到，真的很氣人。」

「媽，妳真的很過份耶，在我的下屬面前數落我。」如嫣嘛著嘴。

楊慧晴與白揚大笑起來。

「呵，呵，呵，有什麼事情這樣好笑，麻煩也告訴我吧，讓我也樂一樂。」一把高亢的聲音叫著好像有三個女人同時在說話。步如嫣聽到這副擾人的嗓音，連忙拉著白揚就走。

「喂，喂，喂，為什麼走得這樣匆忙，怎麼沒有禮貌不跟人家打個招呼喲！」

「對不起，我們趕時間。」步如嫣頭也不回丟下一句。

「哎呀，好俊的小鮮肉啊，下回一定要介紹我認識。」

女子向著落荒而逃的如嫣和白揚高叫著。見到楊慧晴立即眉開眼笑誇張地喊：「慧姐，妳今天好漂亮啊。」

楊站在門外，以競選香港小姐的架式，丁字步的站姿強勢對著女子，冷冷地對她說：「露露，別忘記我們是同年，我只是大妳幾個月，不要叫我慧姐，把我叫得像老小姐，叫我艾美好了。」

「大我幾個月，也是姐姐輩，我是尊重妳才叫你慧姐嘛。」露露笑著說，跟著像舞蹈演員轉了一圈，身上花斑斑的長裙晃得令人眼花撩亂。

第五章

步如嫣特地早點起床，從衣櫃裡找出一條米色綴有翠綠色長春藤的連身長裙，細心熨平，這些家務平常都是依賴媽媽做，她幹起來有點不知從何入手，好不容易才弄妥當，又找了一件灰珠色的外套來配襯，加上一雙淺灰高跟鞋，化了一個淡妝，在全身鏡前照了又照，輕輕鬆鬆的下樓，走到街上感覺街上的人都看著她，她充滿信心回到警署，路上遇見了李法醫向她說道：「妳今天這條裙很美很適合妳，不過他們快要回來了。」

「是的，我還是先換過便服，方便工作。」

這時白揚拿著馬克杯和彪叔走進來，二人瞪著眼看著步如嫣蓮步姍姍漫步出去，面上不約而同露出不可思議的表情，之後眾人來到會議室開會。

李法醫開口說明：「我們昨天解剖了屍體，證實死亡時間是前天晚上九時半至十一時半。還有死者衣袋裡有一個小塑膠袋贉下微量可卡因鹽酸鹽粉末，體內驗測有羥丁酸和鼻黏膜殘留可卡因鹽酸鹽粉末，但是死者不是服食過多毒品而死，他是中二氧化碳毒缺氧而死。」

「什麼是羥丁酸？」如嫣回復專業的口吻。

「即俗稱的迷姦水，羥丁酸是一種中央神經鎮抑劑，服用較輕劑量，會減輕焦慮和鬆弛神經，不過用量較重會令人昏睡昏迷、甚至死亡。不法之徒偷偷混在飲品，意圖迷姦婦女。」

「那麼死者有沒有被人性侵犯？」彪叔若無其事地問。

「我們檢驗過屍體後，沒有發現死者被人性侵犯。」

「迷姦水的藥效怎樣？有沒有發現裝有迷姦水的容器？」如嫣立刻接著問道。

「迷姦水的藥力迅速，飲下不久很快不醒人事，任人擺佈。在證物中沒有發現裝有迷姦水的容器。至於指紋方面除了死者和員工外，在其中一副食具上面檢測了另一個人的指紋，石化氣爐調校扭按的左右二邊，有他的食指和拇指的指紋，還有房門的門鎖是按鈕型號，只要摁下按鈕便能鎖上，球型的把手有死者的指紋，按鈕門鎖上只有死者右手食指的指紋，樣本已交給白揚，詳細報告遲一點交給妳。」

步如嫣謝過法醫，法醫離去。

「死者鼻管裡殘留了可卡因鹽酸鹽粉末，可推斷他在會見客人之前，由鼻孔吸入可卡因鹽酸鹽粉末，可卡因的作用除了令人飄飄然外，還可增加性交的樂趣，這個人可能是女人。」彪叔說。

「吸食可卡因怎樣增加性趣？」白揚純真地問。

「可卡因是不斷由鼻孔吸入，因為鼻孔內佈滿了黏膜，可卡因經由鼻黏膜遊走全身，毒品很快發生效力，令人幻覺、忘我、妄想、性交時特別歡愉，但也有後遺症失眠、食慾不振及抑鬱，可卡因毒性強烈容易令人上癮，長期濫用會高血壓、心跳加速和瞳孔放大，嚴重者會隨時心跳或呼吸停頓猝死。可卡因也可經由口部、肛門和性器的黏膜進入身體，結論黃長德是預先服食春藥等著來客。」彪叔繼續說明。

「那麼為何死者體內會有迷姦水？死者既然吸食了可卡因鹽酸鹽增加性趣在先，斷不會拿出來迷姦水炫耀而且自飲，如果迷姦水是死者的，他應該偷偷放進來客的飲料中，將她迷倒達到目的。可是卻找不到裝迷姦水的容器，那麼迷姦水是訪客帶來用來迷倒死者。」

「死者喝下迷姦水很快倒地，下藥人的意圖是要取走手機，那麼門鎖上死者的指紋是什麼時候摁上呢？」

「彪叔，死者那天中途停在旺角港鐵站有什麼線索？」

「我到港鐵旺角站取了那段時間的錄影帶，時間是六點三十五分，看見黃長德在上車區圍欄內站好了一會，東張西望像是找人，過一會一個頭戴帽子、太陽鏡、口罩，身穿夾克牛仔褲的人走近，鏡頭剛巧拍到黃長德的背部擋著那人，看不清楚來人是男還是女？二人像是交談一會，之後那人忽忽離去，沒有看見二人是否交換物件。」

「那人有多高？」步問。

「依據黃長德一米八二比對，那人約有一米七零高。」彪叔說。如嫣心想這是香港男子的平均高度，但是香港女子穿上約五釐米的高跟鞋也有這個高度。

「白揚，那個筷子上的指紋怎樣？」

「我把法醫給我的指紋樣本拿到資料庫對照，發覺是屬於一個女子，查到該女子叫李桂嫦，三十三歲，曾經坐牢，登記地址為××××××，電話是××××××。」白揚一邊答一邊拿出一疊文件和照片。其中有一張熟女面孔的照片，女子相貌娟好。

「李桂嫦犯了什麼罪坐牢？」

「李桂嫦被捕時是一個議員的政治助理，前年七至八月間盜用了議員的個人資料申請信用卡購物，偷取議員支票將存款存入自己戶口，更稱得到議員的授權購買一部名貴跑車，涉及款項共一百五十萬元，李聲稱是為滿足男朋友及支持其生活才犯案。李女及其家人願意償還三十萬，後李被判入獄九個月，本月初才放出來。」

「能夠幹得上政治助理，她的學歷和工作經驗理應不差。」

「她是加拿大知名學府政治系一級榮譽畢業生，在加拿大幹了幾年行政工作後回流香港，曾經在一流大公司待過，之後才為議員工作。」白揚補充。

「黃長德與她是什麼關係？是否她的男朋友？」如嫣問。

「這裡沒有說，案情記錄指犯案是李桂嫦自己一人，黃長德是控方證人，他沒有牽涉其中偷竊和詐騙的罪行。」

「彪叔，會所大廈大門的防盜錄影帶有沒有拍到李桂嫦？或者其他可疑人物？」

「我要再看會所的錄影帶，對照李桂嫦的照片才能確認。」

「現在有二個嫌疑人現身，其中一個是香港人李桂嫦，另一個身分未明，至於那一通從大陸打電話給死者的人，我們要繼續偵查。彪叔等會你偵訊黃長德的朋友，我和白揚去調查這個李桂嫦。」步如嫣立刻完成指派，二組人分別各忙各的工作。

如嫣嘗試打電話給李桂嫦，錄音回答電話號碼沒有人使用，便跟白揚按紀錄上地址找她。步專心一致駕車，香港的道路狹窄，橫街又多，隨時突地冒出車輛和行人，市區的路況十分混亂，仍能一心二用跟副駕駛座的白揚討論案情：

「你怎樣看這件案件？」

「妳是說是否他殺，還是意外？」

「你說呢？」

「我認為那二人份的點餐和五副食具十分矛盾，還有那幾通由下午五時至八時的電話，及黃長德特地在旺角港鐵站停下來所見的人是否有聯繫，暫時未有結論。妳呢？」

「我要偵訊過李桂嫦，得到更多訊息才能下結論。」

「妳說話都是這樣滑頭嗎？」白揚突然反擊。

「那要看對誰說啊。」

「女生就是喜歡這樣作弄男生。」

「宅男就是沒有女朋友。」

「妳這樣的港女也沒有男朋友。」

「白揚，你在人身攻擊。」

「對不起囉」

「毫無誠意。」

他們來到觀塘，港鐵行車路軌將它分為二部分，近海那邊以前是興旺的工業區，不過八、九十年代廠商把生產線移往大陸，此區洩了氣，像一堆生滿鐵鏽久未啟動的機器，顯得破落。近山那邊是住宅舊區，充斥著殘破的大廈，小業主紛紛將單位裝修成幾個劏房，分租給新移民、年輕人，一個約十平方米的套房每月租金要三千五百元，每平方米的租金媲美中產屋苑。步如嫣將車子轉上一條狹窄的橫街，但是仍有不少公共小巴、車輛不斷穿梭，把小小的街道堵塞像一條死胡同，如嫣把車子停泊在路旁，下車與白揚踏上烙滿烏黑色汽油跡的街道，再拐進一條巷子，找到了佈滿雜物的入口，大廈沒有升降機，二人沿著樓梯往上行，剝落的牆壁，陰暗的環境，滿地垃圾，走到二樓有一道鐵門擋路，細看一下竟然是要用密碼才能進入，二人待了一會幸好有住客下樓才能進入，上到五樓的單位，眼前又是一道鐵門，單位間格成四個劏房，有一條升高的小廊通到左右的房間，李桂端住在右邊裡頭的那一間，白揚嘗試找門鈴卻失敗了，如嫣只好高聲叫喚：「李桂端，妳在嗎？妳在嗎？」

叫了幾聲也沒有反應，又等一會，正想再喊一回時，左邊近鐵閘的房間有一個半睡的男人開門探頭出來粗魯飆罵：「三八！不要在這裡大叫大嚷，吵著睡覺。」

「我是警察，你知不知道右邊裡頭那一間房的住客在不在？」如嫣權威地反問。

狠地把門關上。

「在街口那間『富安茶餐廳』！真是活見鬼，剛好睡著被你們吵醒。」說完嘭的一聲狠

「在哪裡上班？」

「她上班去了。」

二人達到目的也不在意那個粗魯男，下樓到街上去找『富安茶餐廳』，走到街口就看到招牌，二人進入餐廳，正值午飯時間有不少客人，如嫣問一個正忙著的男服務生是否有李桂嫦這人，服務生向櫃台出納員努了嘴，二人走過去，如嫣給那個大眼睛，身形圓潤的女子看了委任證後低聲說：「我們是警察，有事要向妳查詢。」

女子聽見如嫣表露身分，神色緊張，「是關於什麼事情？我剛……」

「我們還是找一處清靜的地方再談。」

「你們等我一下，我去告假。」

李桂嫦走去吧台跟一個中年女子說話，過了一會那中年女子高聲責罵，李桂嫦悻悻然回了一句之後走出來，步如嫣不明所以地問：「發生了什麼事？」

「我被解僱了！」李桂嫦用英語回答。

三人走到街上，看清楚李桂嫦：個子不高，短黑頭髮油答答，身穿紫色塑料大衣，暗紅色燈芯棉褲，白色五毫米高跟鞋的胡亂配搭。

「天寒地凍，妳那條藍色的頸巾呢？」白揚問。

「不知道掉到哪裡去。」

「我們回警署去再說。」步如嫣說。

「不要啦！我恨透那些鬼地方，發誓不想再踏進去。你們懂得到來茶餐廳找我，定是已經到過我住的地方，我已經走到這個地步了還可以去到多盡？也不怕你們見笑，不如到我那間簡陋的劏房，那裡沒有人聽到我們的談話。」

二人沒有異議跟李桂嫦去到她的劏房，李打開門亮了燈，裡面只能用家徒四壁來形容，中國人備有不同的成語精確地描述不同的處境。房間的右邊是流理台、灶台，廁所、盥洗盤和浴室約為二平方米，左邊大約是六平方米，門側放了一個小冰箱，掛衣架上堆滿了衣服，貼窗位置放了一張單人鐵床，床下塞著幾個裝著衣物的塑膠箱，棉被枕頭亂作一團，幾隻窗子是關上，只有一隻左邊最上的小橫窗打開，床邊有一隻塑料架擺放雜物，地上散落幾對鞋，數只空酒樽，一張小摺枱和二張摺凳，沒有電視機，天花一盞不大亮的省電燈炮照明，牆壁、地板倒也乾淨。

李桂嫦招呼她們坐下，從冰箱取了二罐飲料給她們，自己挨在床頭的枕頭牛飲啤酒，態度是豁出去的懶洋洋，散發著自暴自棄，天塌下來也沒有所謂的氛圍。

「要不要開空調？」李桂嫦開口。

「不用了，謝謝您。外面天氣寒冷，關上窗氣溫剛剛好。」白揚望了一下窗子客氣應答。

「這裡雖是五樓，但是外牆的去水管、空調機喉管密佈，老鼠很容易從地下沿著喉管爬上來走進屋裡，剛搬進來的第一個晚上牠們突然偷襲闖進來，爬在我的身上，嚇得我不知就裡尖叫只懂蜷曲蹲在床上哭泣，全身裹在棉被裡不知所措看著牠們亂竄，這幾隻畜子是恆久地關上阻止牠們溜進來，也因為如此這裡的租金比別的劏房便宜。」李桂端淡淡地用自虐的口吻細語。

步如嫣與白揚面面相覷，愣了幾秒說不出話來。最後如嫣單刀直入切入話題：「妳是否認識黃長德？」

「認識，前天才見過面。」

「妳跟他是什麼關係？」

李桂端坐起來抬眼看著步如嫣，欲言又止。如嫣看著她啡色的大眼睛和白淨的臉蛋，東方人特有的翹上唇，相貌不俗，蹙著眉，口角緊抿，擠壓出懸針紋和法令紋，露出了苦相，說不盡的滄桑落魄。

「朋友……是普通朋友。」李桂端用強調的語氣。

「黃長德前天死了。」

「是嘛……這樣也好，一了百了，來一個真正的了斷。」李直勾勾看著二人，露出茫然不知的表情。

「告訴我們他怎樣騙妳？」白揚突然出聲。

李桂嫦聽了此話，面無表情，跟著眼淚禁不住漣漣落下，胸口不停起伏，鼻孔嗅氣，先是啜泣，放下啤酒，翻過身伏在枕頭上嚎啕大哭，崩潰地哭個不停。

「我知妳憋在心裡很久了，如此委屈又沒有人可以傾訴，很容易悶出病來，說出來會舒服點。」步如嫣遞給李桂嫦手帕柔聲安慰。

李桂嫦取過手帕不斷哭泣，不斷擦眼淚，步與白揚靜靜看著她。李桂嫦哭了一會停下來，坐起身面對她們，大眼睛紅著面上仍有淚痕，但整個人鬱悶的氣息退了很多，她幽幽地述說。

「我出事之後未有跟父母講，直至被捕父母才知曉，慌忙到警署保釋我，我羞於啟齒，他們沒有半句責備的說話，要是他們怒氣責備我還好過一點，他們只是默默地支持我，替我還錢，更使我感覺罪孽深重，我出來以後故意不回家，電話號碼也停了轉過新的，搬到這裡居住躲著他們，我無勇氣，也沒有面目見他們。」李一口氣說完，然後啜泣起來。

「是的，我小時候做錯事爸媽會責罵我，我也覺得辜負他們。妳說沒有面目見他們，可見妳是真心悔過，但是妳銷聲匿跡沒有音訊，反令他們牽腸掛肚徒惹擔心，現在妳要做的是收拾心情，回到家裡，侍奉在他們身旁，使他們安心，考慮如何重新上路。」步如嫣誠懇地表示。

「中國人用血脈相連來形容父母子女的關係，回去吧，別再令妳父母傷心了，他們正等著妳。」白揚也幫著腔。

「是的，我明白了，多謝二位。」李桂婞含淚點頭。過了一會她清一清嗓子說明：「黃長德是我的前度男朋友。我在加拿大受了二次情傷打擊，決定回到香港工作轉換心情，好幸運得到議員聘用為私人助理，主要工作是為議員撰寫演說稿件，處理文件及對外的工作，我大約工作了半年，有一天黃長德沒有預約走上來要求見議員，接待員被他纏得不知如何應付，央我出來擋駕，黃長德見到我鼓動如簧之舌，我不為所動拒絕他的要求見議員，他走後我以為事情了結，誰想到放工時他在辦公室外等我，向我大獻殷勤，我著了他的道兒，飲了迷湯一樣，整天都想著他，我自己也不知會這樣。」

「女人在愛情面前，都是管不住自已的心，無能為力。」

「後來怎樣？」白揚繼續問下去。

「這樣交往了二個月，日子過得很甜蜜。有一天，他的神情沮喪，問他也不肯說，我情急下說你不告訴就是你不愛我，他深情地看著我說這是為我好。我再追問他，他滿臉委曲說他得了癌症要到上海醫治，大概要逗留三個月，我聽了像碰上了晴天霹靂問怎麼辦，他說幸好他有積蓄應該可以應付，跟著他抱著吻我，說捨不得離開我，我說我辭職到上海陪他，他說有錢也該用來醫病，我想到他需要很多錢醫病，於是把我的積蓄給了他，過幾天送他到上海去。」

「我早就在媽媽的福利中心聽那些歐巴桑說他騙得一個女子很慘。」

「他到上海後每天就給電郵報告他的病情，有時晚上打電話給我講講情話，過了一個月他說要接受特別的治療，需要多點錢，我沒有錢了，他教我到一間他相熟美容院可以熨信用卡套現，向多間銀行和財務公借錢，我像鬼魅附身聽從他的說話，當我匯錢給他後走出銀行，瞥見他坐在一輛汽車摟著一個女子！我立即打電話質問他，但他回我是不是想他想瘋了，他在上海醫病，即時傳了幾張照片給我，照片中他穿著醫院的病者衣服、旁邊有護士。當時我還未醒悟他利用了科技愚弄了我。」

「妳沒有堅持到上海探望他嗎？這樣便可以拆穿他的騙局。」

「沒有。他說不想我看到他的病容，死也不肯告訴我上海醫院的名字。」

「妳沒有問他的朋友，父母嗎？」如嫣再問。

「在那二個月交往的時間，他從未帶我見他的朋友或父母。他說他要這個世界只有我們二個人，不要別人騷擾。」

「如果他是重視你，他應該向他的親朋好友公開你們的關係，並不是將你當作隱身的女朋友，他一開始就是立心不良。」

「愛情令女人接受不合理的事情都是合理的。」白揚替李桂嫦解圍。

「到最後他說他要動大手術，需要一大筆錢。我說我真的沒有錢了，他在電話唉聲嘆氣，唸著我是議員就好了，這樣觸動了我之後犯罪的念頭。我盜用了議員的信用卡向汽車公司說得到他的授權購買一輛旅行車，並成功用議員的身分上會借貸，將汽車賣了匯錢給他；

又用議員的身分證副本等文件成功申請幾張信卡，購物套現，後來東窗事發，被警方控告，他回到香港以控方證人的身分說自己全不知情，得以至身事外，又甜言蜜語我們是同命鴛鴦，二人一體。在保釋期間我們二人還是要生活的，他暗示我去當舞小姐供養他，正當我在猶豫之際，他自怨自艾地地說他拖累了我，還說只要我是賣藝不賣身他是可以接受，就這樣恬不知恥做小白臉。」

「妳真是傻得可以，如果他真心愛妳，怎捨得妳被別的男人摟摟抱抱，輕薄非禮，他沒有妒忌嗎？到此時妳應該明白他是大話精，無恥的騙子！」步如嫣簡直氣極了。

「在獄中他一次也沒有來探過我，我還在想他是不是病發身體虛弱不能來，讓我每天都想念著他，但我出獄那天他也沒出現，如今想來我是遇到玩弄愛情的渾蛋，痴心錯付。」

「妳就是在前天打電話給他到會所見面？」如嫣將重點拉回來。

「我想了好幾天才在前天早上打電話給他，他說他在大陸，約好當晚七時在會所見面，電話裡他中氣十足不似有病。當天傍晚六時三十分我打電話給他確認地點和時間，他叫我要準時到達。」

「妳是否穿著黃衣及戴有領巾赴約？」

「當晚我穿了黑色外套和藍色領巾。」

「告訴我們當晚的情形。」

「前晚我是七時零五分到達，我曾到過那間會所，便直接走到六號房間，我推開門看見他在大口大口吃東西，哪裡像重病。他不耐煩地對我說他的朋友一會兒就到來，有什麼事情快點說。我看見枱上有五副餐具，我低聲問他為什麼不來看我，他瞅了我一眼回：『妳做過舞女交際花、坐過監，我怎能帶妳見人，妳自量一下。』我忍受著他的嘲弄說『我愛你。』他無恥地回答『妳是我什麼人？我對妳已經沒有那種感覺。』我像被雷擊中，心裡五味翻騰，氣極了拿起一對筷子插他，他好像料到有此一著，閃身避過奪去我手中的筷子，反手甩了我一巴掌，怒罵『賤貨，妳找死。』跟著又摑了我一下耳光說『還不快走，以後見妳一次打妳一次！』」說到這裡，李桂嫦又哇的一聲哭起來。

「他是不是男人？動手打女人都是賤男人！他臉不紅氣不喘地花妳的錢，還唆使妳出賣肉體供養他，他是個超級小白臉！之後妳是什麼時候走的？」步如嫣不忘確認李離開的時間。

李桂嫦停了哭泣，抹乾了眼淚。「大約八時，我哭著走了，回家狂飲烈酒醉了一天，今天才上班——他是怎樣死的？」

「他是中二氧化碳毒死的，今天的報章有頭條報導。妳有沒有發覺他有異常的地方，即使是雞毛蒜皮的小細節。」步如嫣回答。

李桂嫦想了半晌：「我想之後他來的朋友當中是有女的，因為他說他約了朋友這句話時笑起來嘴角有點歪，那是他心有邪念的小動作。」

「妳會怎樣形容黃長德？」

「沒良心的畜生。」

「還有一個問題，妳是什麼時候認識黃長德？」

「前年三月三十日。」李桂嫦答得爽快。

步如嫣又對李桂嫦安慰、鼓勵一番後，二人便告辭。

在路上白揚率先開腔：

「從她剛才所說，那二人份的食物和五副餐具的矛盾是黃長德佈下的局：打發李桂嫦，接著登場的是一個女人。」

「李桂嫦是那個黑衣人，還有那個黃衣人和藍衣人呢？」

第六章

二人匆忙吃過午餐回到警署，彪叔已在辦公室等候，見他們回來立刻報告進度：

「我已經偵訊了黃長德的朋友，其他人都說沒有跟黃長德約會，也能提供一個確實的不在場證明，只有其中一人我們覺得可疑，所以我把他留下等你們再偵訊。」

二人連忙進入偵訊室，看到一個年紀十八、九歲的青年，生得瘦削黝黑，寒眉歪鼻、眼神飄忽，神情顯得膽小怕事，看似在一個團體裡當跑腿被人差遣的角色，那青年看見二人立即站起來，步打手勢叫他坐下發問：「你叫什麼名字？今年多大？」

「陸家欣，二十歲。」他一面答一面偷看步如嫣，陸的表情變得緊張，如嫣看在眼裡便嚇唬他：「我們的洋鬼子警司對這件命案很重視，要我們儘快破案！」

「什麼命案？什麼人死了？我不知道。」陸慌張地否認。

「不要裝蒜，要不要我拉你到羈押房，關上二十四小時，讓人叫天不應，叫地不聞的滋味。前天六點三十分你在那裡？」如嫣進一步恐嚇他。

「是不是那一單會所二氧化碳氣中毒命案？」

「還說不知道！」

「我知道死者是黃長德，但是我跟他不是十分熟絡，我是通過朋友的朋友認識他，有時跟著他們到東莞、常平等地玩樂，前天下午他打電話給我，叫我六時三十分到旺角港鐵站等他，要我轉交一些東西給他的朋友，他就是喜歡支使別人，前天我準時到達他已經在圍欄內等我，他從衣袋裡取了一包東西給我，叫我交給喪妹玲。」

「你知不知道那一包是什麼東西？那個喪妹玲又是誰？」

「我發誓我不知道是什麼東西呀。喪妹玲是黃長德的哎呀女朋友，因為她十分花痴，所以大家都叫她喪妹。我找到了喪妹玲交了東西給她就走了，然後在廟街一帶閒蕩，到電玩店玩了一陣電玩，大約十二點回到家裡。」

「如果你知情不報，要是我們查到那東西是毒品，你會被控運毒罪。」彪叔也開口了。

陸家欣賊溜溜地看著步如嫣。「我什麼也不知道。」

「為什麼你會不問情由甘心為黃長德做事？他給了你什麼好處？」

「也不是，大家都是朋友嘛，都是你幫我，我幫你，而且他經常請我們到處吃喝玩樂，大家都奉承他叫他做老大。」青年小聲的回。

「他請你們到過那些地方？」

「多數是北上那些深圳東莞等地方，不過有一次他豪氣地請我們幾人到泰國旅行，住五星級酒店，所有消費都是他付錢。」

「為什麼他這樣慷慨？有什麼特別的理由？」如嫣追問。

「我們問過他，他神神祕秘的說完成一件特別的任務，得了獎金，沒有透露其他。他是大哥大，我們沒有再問下去，免得自討沒趣。」

「正確的日子是何時？」白揚突然發問。

陸家欣仔細想了一會：「那是前年一月中，農曆新年前，那個時間自遊行的團費特別便宜。」

之後步如嫣又再問了喪妹玲的電話地址，白揚列印陸家欣的證詞給他看過、簽署後讓他離去了。

各人聚在一起開會。

「我看黃長德交給陸家欣的東西一定是毒品，黃可能是拆家，在大陸取了貨交給喪妹玲販賣，陸這個小混混定是知道內情，他一口咬定不知道，又沒有物證，很難跟進，不過這樣也好，以後可以利用他或喪妹玲做線人。」彪叔老謀深算地說。

「唔。現在知道前天六時三十五分黃長德是去見陸家欣，等會你跟另一個同事去找喪妹玲查證一下。還有會所大廈的錄影帶有什麼結果？」步如嫣說。

「我看過六時至會所打烊的錄影帶，看到李桂嫦在八時離開大廈，之後再沒有進入大廈了，其中有一個戴著鴨舌帽和口戴的嫌疑人物在八時二十五分進入會所，卻不見他離開。」

「他極可能變裝離去，他心裡有鬼。」如嫣這樣認定。

接著白揚報告，交代李桂嫦的證詞，除了中間她哭泣的情況。

「我們剛才偵訊李桂嫦後釐清了那通六時三十分的電話，是李桂嫦打給黃長德的。黃長德朋友的證詞說前天沒有跟黃長德約會，他所約的是什麼人有二個可能性：是約了四個酒肉朋友、或者約了一個人。從黃長德訂了二人份的餐點和飲下迷姦水來看，如果是四人，又是黃的朋友，合謀騙他飲下迷姦水，取走黃的手機變得不合理，除非是他的敵人，可是黃不可能將自己置身以寡敵眾的局面，若是來的是一個人，就能解釋二人份的訂餐和五份餐具的矛盾是黃長德故弄玄虛，用計迫使李桂嫦不能久留，根據李桂嫦的證辭赴約的人是一個女子，黃長德氣走李後是要單獨會面那女子，時間是八時之後，因為黃在八時接了一通公共電話，極有可能是那個女子打來的，那神祕女子到來後黃肆無忌憚嗑藥，想不到那女子用旁門左道的迷姦水將他迷昏，取走他的手機。」

「李桂嫦說她是前年三月三十日才認識黃長德，黃與朋友在前年一月慶祝他的特別任務成功，黃的特別任務並不是指他對李桂嫦騙財騙色這一檔事。」彪叔說。

「黃長德的任務和神祕女子有關嗎？他的特別任務又是什麼？誰人委托他做事？黃長德的手機又隱藏了什麼祕密？」

「這個神祕女子很小心不留半點痕跡和指紋，而且有預謀設計取回手機，她極有可能謀殺黃長德，但是殺死黃長德也要有動機？」

大家思索了一會沒有假設。

「等會我和白揚會去偵訊黃長德的媽媽順嫂，之後會取回黃長德的私人電腦檢查，查看是否發現線索。」

如嫣駕車前往順嫂家，把車泊好和白揚來到一座六層高的舊樓，樓下有一道上了鎖的鐵門。她按了對講機順嫂所居住的單位，之後有一個中年歐巴桑問話，說是警察找順嫂，鐵門就『卟』的一聲打開了，三人步行上順嫂居住的四樓單位，剛才那個應門的歐巴桑邀她們入內，進門的左邊是飯廳，後方是廚房，右邊是客廳約十五平方米，有一排窗向街外。順嫂坐在沙發上，左邊的茶几放了電視遙控器和水杯，她怔怔的望著沒有開著的電視機，雙眼通紅陷了下去，沒有往常銳利的眼神，烏黑的雙唇依然是一只覆舟，身穿睡衣，披著大衣，臃腫邋遢，臉上一塊青一塊紫，手腳也有傷痕，整個人像一件被掟壞了的郵寄包裹，又像一座崩塌的小山，她抬眼哀傷看著步如嫣。

「小如，我好慘啊。」

如嫣連忙坐下，順嫂握著她的手絮絮不休。

「阿德是個好孩子，從小就聽教聽話，誠實可靠待人有禮，讀書不怎麼樣用功，好歹也中學畢業，人又長得帥，有一份保險代理的正當職業，品格純良，沒有不良嗜好，只是喝點酒、抽點煙，有點口花，愛跟女孩子開玩笑，人品挺好不偷不搶不害人，為什麼會遭此橫禍？現在白頭人送黑頭人，我前世作了什麼業？要受這種喪子之痛的苦難，我今世沒有做過半點虧心事，從來沒害過人，我努力維繫一個完整的家庭，盡了做妻子母親的責任，為什麼天要這樣對我？順叔不當我是他的老婆我也默默承受，我克盡婦道沒有做錯事，也沒有勾人失德，我對得住天地良心，可昭日月，但是我唯一的兒子也死了，我活著還有什麼意思？我要跟著阿德一起去，嗚…嗚…嗚……」

順嫂摟著如嫣嚎啕大哭，如嫣只好不停輕拍背安慰她，更不敢提黃長德的糗事，為的是中國人認為人死為大，不能說死者的壞話，只好轉問：「順叔在那裡？」

「有一天中午他回來對我拳腳交加，罵我是不祥人剋死阿德，到房裡拿了護照證件、銀行傳摺和簡單行李走了，至今沒有回來，打電話給他是錄音說號碼停用了，我也不知道他在那裡。」

「這樣說他是遺棄了你！」白揚衝口而出。

步如嫣急忙給他遞個眼色，白才覺失言，順嫂聽了啜泣起來。

「黃長德有沒有親密的女朋友？」步問。

「我不知道，他從沒有帶女孩子回家，現在手機那樣方便，年輕人都躲在一旁跟女朋友說體己話，那像以前的有線電話，只要有女孩子來電，全家也知道了。」

「前幾天你們到大陸旅行，他有沒有奇怪的表現？」

「都是一樣囉，每到一個購物點他也出去抽煙，講電話，我想他覺得挺無聊，他去這趟旅行都是為了陪我解悶，他真的是一個孝順仔，嗚……嗚……」順嫂又哭起來。

「那麼晚上呢？他有沒有去到別的地方？」

「那個惡女導遊阿珍將我們丟下不理，我們一團人自費住飯店。晚上七點左右我和阿德吃晚飯時他接到一通電話走出餐廳傾談，過一陣子，回來說約了當地的朋友去唱卡拉ＯＫ，我跟他一起走到酒店的計程車站，他又接了一通電話，他一邊坐上計程車一邊講電話，計程車很快就開走了。」

「他講了些什麼東西？」

「我聽得不大清楚，他夾雜了廣東話和普通話說話，又說了一大堆數字，像是電話號碼，我真的沒有留意他在說什麼。」

「他是什麼時間回酒店？」

「我不知道，我是跟另一個女團友住一間房，他是單獨一人住一個房間，他自小就很討厭跟陌生人同房，寧願多付錢要了一間單人房。」

「第二天他的心情如何？」

「也沒什麼啦，跟平常一樣，沒有特別高興，也沒有不愉快，吃過早餐後搭火車回香港。」

「我們會取走黃長德的私人電腦和光碟做證物，這樣方便嗎？」

「你要就拿去吧，反正我也不懂用電腦。阿秀，你帶他們到阿德的房間去拿電腦。」順嫂無精打采吩咐那個歐巴桑。白揚跟著歐巴桑進房。

「我們會寫收據給你。」

「寫不寫也無所謂，我一切希望都放在阿德身上，現在他死了，我也沒有生趣，只是過一日算一日。小如，你必定要調查清楚阿德是否被人害死？那個害死阿德的人一定有報應的，我可憐的阿德啊，你一個人孤孤單單在下面，真是太可憐了，阿德，是誰害死你，你一定要報夢給我，讓我為你伸冤。」順嫂說得信誓旦旦。

「順嫂，警方一定會調查阿德的死是否意外？還是其他原因如身體健康問題？」

「我阿德自小健康體魄強壯，沒有什麼病痛，他是有為青年，不會嗑藥吸毒這些墮落的勾當，一定不是身體有問題。」順嫂突然凶巴巴堅持。

步如嫣只好苦笑，幸好阿秀這時拿著一杯水和藥丸走過來給順嫂：「阿嫂，是時候吃藥了。」

順嫂用右手接過藥吞下去，左手拿水杯喝水。

「順嫂，你的高血壓、高膽固醇、糖尿病和腎病好了些沒有？」步如嫣適時轉了話題，不用再忍受順嫂對黃長德盲目溺愛的蠻橫態度。

「我人這樣窮，卻害了這些慢性富貴病，哪可以徹底醫治好像正常人一樣，只能用藥物控制病情令它不惡化，如果少吃一次藥，很容易會引致心臟病發猝死。」順嫂洩氣地說。

「大吉利是，不要將死啊，死啊掛在口邊，快點吐一口痰涎再說過，討個吉利。」阿秀突然插嘴。

這時白揚捧著電腦和螢幕走出來，步如嫣向順嫂告辭與其他倆人回到街上，二人放好電腦後白揚開口：「我們又再原地踏步，沒有進展。」

「查案就是這樣，努力了一大輪，才發覺此路不通。至少我們踩到了黃、陸和喪妹玲販毒這條線。還有黃長德的私人電腦啊。」步如嫣回。

「妳是否時常都保持樂觀？」

「我們做基層就是要拚命去幹，找出事實的真相，這是做警察的樂趣和宿命，那像高層滿腦子都是政治權力鬥爭，對社會沒有貢獻。」

「妳倒有不少牢騷，今晚要不要一起吃晚飯。」

「好，各付各的。」如嫣立刻強調。

他們來到其中一間裝潢極具廣東色彩的菜館，走進去才發現如嫣的媽媽楊慧晴一個人獨自坐著品茗，二人上前問好，如嫣向媽媽擠眉弄眼讚她打扮出色，楊慧晴對這番揶揄見怪不怪、視而不見。

「有時我們也要穿戴好一點，討自己歡喜，是周先生約了我吃晚飯。」

「啊，是嘛，我們不做電燈泡喔，我們坐到別的位置去。」

二人找了一張離楊慧晴較遠又看得到她的桌子坐下，步如嫣說明：「這個周先生是媽媽的追求者，我也不知道他從那裡冒出來，只知在二、三年前才出現。他是黃潮順的同事，同一個部門不同組別，但職位比黃潮順高級，知道順叔許多東西，等一會可以問他順叔跑到那裡去。」

「那個露露呢？」

「媽媽說露露是她的朋友，單身，是個ＯＬ。但露露說媽媽是她的老朋友，不過她們二人經常暗中較勁，我也不知道為了什麼？」

「她們二人的外形不相伯仲，條件接近，難免有女人之間的競爭，但是她倆說相識有多久的說詞有些差別，她們認識了多久？」

「我也不大知道，大概也是二、三年前的事情，媽媽從不跟我談露露的事情，但對她誇張的作風卻很容忍，我感到她們並不是同性間互相比較，而是暗暗為某件事互不相讓。」

「妳是不是想做偵探，窺探她們之間的祕密啊。不過，露露的出現的時間跟周先生差不多喔。」

「不是啦，黃長德這件案件依然沒有進展，令我傷透腦筋，哪有時間管媽媽的閒事。他倆是差不多時間出現在媽身邊，不知是否巧合呢？」

這時有一個男子走近，步如嫣看見了馬上禮貌地站起來，白揚也跟著行動並打量那個男子，年紀五十歲上下，頭頂稍禿，身高比步略高，微胖，白皙圓臉，臉龐很乾淨，似乎在赴約前又刮了一次臉，戴著方型金絲眼鏡，鏡後是一雙會笑的桃花眼，身穿剪裁合度的黑西裝，包裹得他穩重體面，黑襯衣配一條閃亮的花綠領帶，祖母綠袖扣，腕上江詩丹頓白金薄錶，足下手工精細漆皮五公分高的黑皮鞋，令人多看一眼，步如嫣介紹：「這位是周承倜先生，是媽媽的朋友，這是白揚，我的同事。」

二人伸出手握過，白揚感到周承倜的手掌十分柔軟，指甲修得整齊清潔，寒暄過後坐下，步如嫣詢問：「順叔現在的情況怎樣？」

「當然是傷心囉，唯一的兒子突然死了。他告了一個月的假期，聽說是到東莞休息一下平服心情。看他也怪可憐，十分沮喪，形容憔悴，老了十年似的。不過，有一點很奇怪！」

「什麼事情？」步如嫣和白揚異口同聲問。

「他的眼神哀傷，同時也燃燒著希望之火。」

三人沉默了一會，如嫣再問：「現在能否跟他聯絡上？他住在那一間飯店？」

「沒有啦，他沒有留下任何住店的訊息，電話也關掉，根本不可能跟他聯絡。」

步如嫣心想只好等他放假後上班才能偵訊他了，於是轉過話題：「你跟媽的進展怎樣？」

「她很享受現在的生活，即是很享受我的追求，這是我的成就。看，她含情脈脈凝視著我等我耶，我不要浪費時間趕快回到她身邊去喔。」周承倜向楊慧晴搖手，自鳴得意地說完走了。

二人吃過晚飯後，步如嫣揚手叫服務生結賬，服務生意會，過了一會回來說另一枱客人的周先生已經替她們結賬了，步抬眼望才知周先生與媽媽走了，只得下次見面再多謝他好了。

第七章

第二天步如嫣與白揚一同查看黃長德的私人電腦，當他們開啟唯一的一隻記憶棒，畫面出現一男一女裸體嬉戲，過了幾分鐘，之後又有好多段同類型的春宮片，男的仍是黃長德，女的是其他人，一些女子是沒有知覺好像嗑了藥，黃不時將女子反轉看到背部，片段質素很差，燈光昏暗，像是用手機拍攝，他們花了大半小時才看完。步如嫣沉思了一會說：「我們再看其中一段。」

白揚回轉到步如嫣想要看的那一段，慢鏡放映，一個沒有知覺的短髮女子被黃長德脫光衣服，接著是頭部的特寫，女子化了粧的面弄糊了，面目不清，閉上了眼睛任由黃長德擺佈，接著是全身的特寫，跟著黃爬在她的身上，又將她反轉，過一會第二個男子壓在女子身上，這時步如嫣叫停，說要看女子的背部，步將畫面返回那一段用凝鏡停住放大，步如嫣有了發現：

「縱觀所有片段中，只有這個女子有面部特寫的鏡頭，黃將她反轉後刻意掃描了她的背後全身，看，她的右邊肩胛骨下有一顆痣，還有，右屁股有一個小小的酒窩。」

步如嫣連忙將這頁和女子的面部打印出來做證據。

「這個女子可能黃長德特別喜愛，雖然知道她的身體特徵，但如何才能找到這個女子？她可能是強國人。」

「黃的朋友喪妹玲是否知道他在大陸所用的電話號碼？那樣可以通過大陸公安得知黃在大陸的通話記錄，好歹也是條線索。」

如嫣立即打電話給正在偵訊喪妹玲的彪叔，叫他查問喪妹玲是否知道黃長德在大陸的電話號碼。

下午彪叔回來報告，喪妹玲和她的朋友堅決否認販賣毒品，又強調跟黃並不熟絡，黃長德托陸家欣交給她的物件是毛毛公仔，但最終也透露黃的大陸電話號碼。

香港警方透過中港機制請求中方公安協助，一星期後中方回覆取得黃長德過去一個月的通話紀錄，並將通話紀錄電郵給步如嫣。根據紀錄打電話找那些人，但大多電話號碼是停用，其他人回答什麼也不知道或者不認識黃長德，於是步如嫣指令白揚要求大陸公安方面向大陸電訊公司協助，索取黃長德命案前二天在大陸跟人通訊那些人的電話號碼和用戶個人的資料。

這段時間白揚將黃長德記憶棒內那個女子的影像用電腦數碼化，把女子臉上受了化妝品弄髒的部分抹去，女子的面容變得清晰可見，是一個瓜子臉的美女，高鼻豐唇，雙眼閉闔，面無表情，看不出她的意態。

過了二天，大陸公安那邊回覆黃長德死前一天在大陸跟人通電話的資料，當天晚上七時至七時十五分黃長德跟一個叫朱小勇連續通了二次電話，二次都是朱小勇打給黃長德，電話號碼是××××××，區域屬於東莞常平市，最後一次是黃長德打給朱小勇，時間是七時四十八分。

案件沒有新的線索，調查陷入膠著，這樣子擱了一個月。

步如嫣下午回到警署，從記事簿看到黃潮順應該已經銷假上班，便打電話到他辦公室找他。

「我是步如嫣，警方人員，想找黃潮順。」

「他今天沒有回來上班。」一把嬌柔的女聲說。

「他今天不是放假完畢嗎？」

「是啊，目前他沒有聯絡我們是否繼續請假，現在還看不見他上班，我想他今天不回來了。」

「要是他回來請他打電話我好嗎？」步告訴她的電話號碼。跟著打黃潮順的手機但是電話錄音回覆電話未能接通。

步如嫣放下電話後，白揚跑進來興奮地大叫大嚷：「又死了人啦！又死了人啦！」

「死了人你很開心嗎？」彪叔叱責他。

白揚十分靦腆沒有答話。

「人死在哪裡？」

「在我們警區的管轄範圍，旺角一幢住宅大廈。」菜鳥警察小聲地回答。

三人出發到案發現場的一座十分老舊住宅大廈，地下已經聚集很多傳媒記者，架起攝影器材等候採訪新聞，他們上到五樓，建築格局是一層四戶，出了升降機左右二邊是通往單位的通道，左邊已經圍上警方的塑料帶，一個警員留守，見到步如嫣他們後遞上口罩，三人謝過後戴上，案發現場在通道左邊的單位，沒有鐵閘，只有一道被撞爛的木門，他們推門而進，單位瀰漫著惡臭，中人欲嘔，有一扇窗打開，無數蒼蠅在室內亂飛，破爛木門的左邊有一張撞毀的椅子，椅靠脫落，客飯廳狼藉不堪全是垃圾、啤酒罐、衣物、盥水用品和翻倒的家具，警方鑑識組人員在拍照、採指紋等工作，前面有二個房間，其中一個房間的門是打開，一個中年警員跟步如嫣打招呼：

「步督察，我們到達時，發現死者蓋著棉被仰臥在床上，法醫正在驗屍。」

三人走進房間去，看見李法醫和助手把赤裸的屍體反轉背檢查，全身充滿塊狀瘀黑色的屍斑，床單和棉被滲出的屍水印成一圈圈深棕色不規則的形狀，過了一會他們將屍體翻回正面，步如嫣看見死者的大餅臉驚愕地叫了出來，白揚和彪叔瞅著她。

「妳認識死者？」李法醫問。

「他是黃潮順。是一個月前在私人會所的房間中二氧化碳毒死去那個青年——黃長德的父親。」

白揚和彪叔作出突然醒悟的表情，依稀記得黃潮順的容貌。

「啊。死者年約五十六歲，身體表面沒有傷痕，屍身開始腐化，估計死去六、七日。如果沒有別的問題，我想帶它回去解剖。」李法醫報告完後問。

「請便。」

李法醫吩咐仵工把屍體打包放進黑色的箱子去。屍體被搬走後蒼蠅漸漸飛走，但是惡臭仍然彌漫，白揚與彪叔協助搜證，如嫣找來首先進入現場的警員來問話。

「是鄰居一個老人家報警，說幾天前她的小孫子聞到臭味，最近臭味越來越厲害，她跑來聞過後十分難受即時報警，我們接報後來按鈴、拍門也沒有人應門，但臭味明顯從此房間傳出，打電話給房東拿備份鎖匙開門，可是木門被一些東西抵住不能推開，請消防署到來破門而入，進門後發現滿地雜物，死者仰臥在床上，整齊的棉被蓋到頸上，面上有許多蒼蠅在吸啜屍體，我們趕走蒼蠅後發覺死者滿面屍斑佈滿蛆蟲，即時通知法醫、各有關部門和你們。直到法醫來到揭起棉被才知死者是裸體的，屍身腐爛不堪。」

「現場情況是怎樣？」

「就像妳現在看到一樣，十分凌亂，好像有人曾經在此糾纏打架，有一張租賃房屋租約和中介人的名片掉在地上，房間的床頭櫃放著一只沒有錢的皮夾和鑰匙包，另外一個房間比較整齊，看來死者是一個人住的。」

「請給我看那張名片和租約。」

警員從一個塑料膠袋拿出租約和名片交給她，步如嫣略略看了一遍，用手機拍下租約和中介的名片。

步將租約及名片交還給警員後，再到處查看，在床尾的床靠發現了一些像皮膚的組織，小心把它刮下來裝進證物塑料袋交給白揚和彪叔。

「我到隔壁偵訊報案人，你們在這裡主持大局。」

如嫣走到右邊通道盡頭的單位，按鈴後，一個老婦小心翼翼打開了一線門問：「妳找誰？」

「我叫步如嫣，是警方人員，請問是否您投訴隔籬單位傳出臭味？我可否問您幾個問題？」如嫣拿出警方的委任證給她看。

「是啊。」老婦看過委任證後開門讓她進屋。

「是我的小孫子先聞到有臭味，後來臭味越來越濃烈很難受我才去報警。」老婦說，接著輕聲問道：「隔壁有人死了？是不是燒炭自殺？最近飛來許多蒼蠅我也心知不妙，死的是什麼人？男人？女人？還是男女殉情？」

「嗯，事件未歸類仍在調查中。您是……？」

「先夫姓陳。」

「陳太，您好。您是否認識隔壁的住客？」

「那邊空置了好些日子，前幾個星期才有人搬進來，我未見過是什麼人出入，怎知突然有死人了。」陳太自作結論。

「我可否見一下令孫兒？」

突然砰的一聲有人把房門關起來，陳太叫道：

「輝仔，為什麼害羞啊？有個美女警察姐姐想見你。」

陳太打開房門領步進去，如嫣看見牆上貼滿小童手繪「咚啦A夢」的圖畫，於是微微笑說：「我是『咚啦A夢』，今天特地來探望怕醜仔大雄。」

「我不是大雄，也不是怕醜仔，我是力大無窮的胖虎。」小子仍躲在棉被、露出烏黑的頭髮。

「胖虎大力士，告訴我你是怎樣知道隔壁有臭味，要是你不記得，我只好從我的八寶袋拎出時光倒流機，回到當時的情景啊。」

「誰說我不記得！我是無所不能的胖虎。」那小子掀起棉被坐在床大喊，是一個長相精靈約七、八歲的小童。

「那你就告訴什麼也不知道的『咚啦A夢』嘛，好嗎？」

「那是在上星期五我補習回家後，特地走過去推了一下木門，不像平常一般鬆動，將耳朵貼在門上沒有聽到什麼聲音，卻嗅到有些臭味，回來告訴婆婆，婆婆走過去聞說什麼也聞不到，罵我說謊。」

「是啊，你就是常常說謊騙我的。」陳太責罵他。

「我沒有！上星期五我是真的嗅到臭味，是妳的嗅覺退化沒有聞出來。」輝仔紅著脖子反駁。

「你最愛『一言九頂』，爛扯你最行。」

「超酷的胖虎，為什麼木門不是鬆動了？又沒聽到聲音？」

「那是在上星期三，我上完補習班自己一個人回來時發現的。」輝仔說，跟著故作神祕地停下來。

「你真是一級棒無所不能的胖虎，自已能一個人上完補習班回家。」

「不是啦，那天我剛好沒空，拜託樓下的歐巴桑順便帶他回來。」陳太慌忙補充。

「『咚啦A夢』好心急喔，快點告訴我你發現的驚天大祕密啊。」步如嫣誇張地說。

「上星期三我補習回來時，照樣過去推了一下隔壁的門，木門是鬆動的，有時我會推，有時不會，我聽到乒乒砰砰的聲音，立即將耳朵貼在門上偷聽，我回到家裡告訴婆婆說隔壁有鹹蛋超人大戰天外怪獸。」

「你就是說謊，你看太多電視神怪超人動畫，腦裡才有這些幻想，不要躺著了，快點起來做功課。」

「多謝你，勇敢的胖虎，告訴我你的超級冒險旅程。」

「不用謝，但是妳一點都不像『咚啦A夢』，『咚啦A夢』是個男貓貓！」輝仔一臉認真。

「你真聰明，我是靜香喔～」如嫣對他微笑，跟著老婦走出房間：
「最後一個問題，輝仔是什麼時間上完補習班回家？」
「他是每個星一、三、五上補習班，大約七點多回到家裡，然後吃晚飯。」
步如嫣謝過她後回到案發現場會合白揚和彪叔返警署，到了樓下傳媒蜂擁而上，警局對他們說死者是心臟病死，仍在調查中，無可奉告。
之後幾天步如嫣整理好了手上的證據，跟白揚一起研究案情，正等候李法醫到來開會，法醫準時到達，與步、白揚和彪叔開會，李法醫率先報告：「死者沒有表面傷痕，我們解剖屍體，死者沒有受到強力襲擊，體內器官沒有受損，肺部與肝臟因長期吸煙和喝酒有肺氣腫和肝硬化，但這些都不是致命的原因，死者是心臟突然停頓而猝死，是心臟病發而死。」
「這樣說，死者是否即時死去？」步如嫣問。
「是，是即時死去的。」
「從床尾靠刮下來的人體組織是否屬於死者？」
「是屬於死者的。」
「那麼屍體是是否曾被搬動過？」
「如果死者是即時死去，但很快被移動一段小距離例如由客廳到房間床上去，屍斑不會在這樣短時間形成，在醫學上未能判斷是否被移動，況且死者屍身已經開始腐爛，更加難確認是否曾經被移動。床尾靠上的皮膚組織可能是死者未心臟病發之前留下的。」

「死者的死亡時間呢？」白揚接著問。

「根據屍身腐爛程度和蛆蟲快要化為成蟲，死者死去約七至八日。」

「死者是自然死去，還是意外死去？」

楊法醫沉吟了好一會。

「死者是心臟病發引致呼吸窒息致死，它滿身屍斑，左、右頸側很明顯有一塊屍斑特別大，每個人的身體構做也不同，死後出現這種形狀的屍斑也不是不可能的，是的，黃潮順是自然死去。還有，房間內只有死者的指紋。」

步謝過他，李法醫離去，白揚繼續報告：

「輝仔說他在上星期三曾推過木門是鬆動的，他貼著門聽到單位裡面有打鬥的聲音，上星期三下午七時左右有另外一個人在單位裡，輝仔證實上星期五木門是推不到，到黃潮順的屍體被發現的當日，門是被物件抵住了，要消防署破門進入。黃潮順在上二個星期從銀行提取了二萬元，在上個星期三早上取十萬元，至今這十二萬元不知所終，也沒有找到手機，皮夾裡沒有紙幣，鑰匙包只有零錢，奇怪的是死者的手錶也不見了，顯然有人偷走了死者的財物。還有，死者是死在密室裡。」

「是有人取去死者財物後，將現場佈置成密室嗎？」彪叔這樣想。

「木門被什麼東西抵住了？」

「是一張木椅，在現場找到一張被撞毀有靠背的木椅。我們用同一款式的木椅嘗試從門外頂著木門的小方盒門鎖，首先擺放木椅在木門適當的距離，人可以半開木門逃走，用尼龍繩在椅背縛上一個可鬆脫的蝴蝶結，將二端繩頭穿過門縫拉到門外去，輕力拉著尼龍繩頭將靠背木椅斜傾在木門上，無論我們如何努力，椅子斜傾的位子跟小方盒的門鎖還是差上了幾毫米的距離，就是這幾毫米的差別不能將木門牢固抵住，只要開門一推，椅子就推倒了。我們只能在室內先用靠背的木椅頂著小方盒門鎖，再將木椅斜傾到地上合適的角度，才能用背靠椅抵住了木門，如果這樣，人卻不能逃出去。」彪叔解說。

「現場不是有一只窗子是打開嗎？嫌犯是否從這窗逃走？」步如嫣問。

「室內所有窗子都裝有牢固的欄杆，疑犯不能從窗子逃走。」彪叔答。

「這棟舊式大廈在出入口安裝了一部監察電視，還有一個在電梯裡，在上一個星期三晚上大約八時拍到一個陌生的老婦進入大廈，在五樓案發樓層走出電梯，該老婦在八時十五分離開。」白揚補充。

「大廈出入口只有一部監察電視，任何人只要躲在它的死角位便能避開被拍攝到，案發現場在五樓，用樓梯上樓也能避開電梯的監察電視。」

步如嫣拿著死者在床上死去的照片看：

「死者是仰臥在床上死去，睡姿十分自然，如果他是在床上心臟病發，他會用手按著左邊胸口，但他雙手只放在身旁，棉被也十分整齊，天氣寒冷，為什麼他會裸體睡在床上？」

「如果他有裸睡的習慣也不足為奇。」

「另一個可能是黃潮順是裸體等著來訪的人。」彪叔說。

其他二人不約而同用疑惑的目光看著彪叔。

「如果來人是女的，就能解釋黃為什麼是裸體，黃身材高大強壯，孔武有力，一開始他就想著要用暴力佔有那女子。」

「這倒是合乎他的性格，愛用武力，這是他工作時常用的手法對付流動小販，對順嫂稍不順意，拳腳交加的作風。」步如嫣表示。

「只有妳才有資格做評論。關於那十二萬塊錢有點矛盾，如果黃潮順只是漁色，他不需要給那個女子這麼多錢，那些錢是否另有用途？是否要她答應他的條件？他要強佔她也是其中一種手段，迫她就範。女子進房後跟黃潮順糾纏，其間黃心臟病死去，女子為了掩飾黃在打鬥中死去，將屍體在床尾靠背搬上床時，床尾靠背刮下了黃的皮膚留在靠上。」彪叔進一步推論。

「那麼是那個女子明知山有虎，偏向虎山行，是什麼理由驅使那女子冒著會被強暴的危險單刀赴會？單單為了那十二萬塊錢？黃潮順告了四個星期長假，就是去找這個女子，黃為什麼非要找到這個女子不可呢？白揚，等會你到入境署調查黃潮順開始放假後的行踪，還有他手機的通話資料。」

「還有，也是最重要的一點——黃潮順和黃長德父子在一個月內接連死去！」彪叔提醒二人。

「是的，最弔詭的是父子二人都是疑似自然死去。」

「如果是他殺，是什麼動機？黃潮順死了，最大得益者是誰？」

「是順嫂！」

「那麼就有二個兇手嫌疑人囉。」白揚作結。

第八章

步如嫣與白揚驅車先去找房賃仲介人，再去偵訊順嫂。

二人到達了仲介人店鋪的商場，找到了仲介人招先生，一起到附近的快餐店傾談，招先生是三十出頭的瘦削年輕人，個子不高，相當健談，當二人問黃潮順到來租屋時的情況，他爽快答道：

「那天早上我們剛開店，黃先生匆匆走進來說要租房，聲稱越快越好最好能夠即時入住，地點是旺角這裡，方便他上班，我看他是心急人，想起現時他租住的單位仍空置帶他去看，他一看即合，說過一會拿錢來付訂金，大約一小時後他取來了二萬元交了一個月押金和一個月房租。」

「租約是多久？」

「是二年長的租約，一年死約，一年生約。」

步如嫣心中暗嘆。

「跟著怎樣？」白揚問。

「黃先生要了單位鎖匙後，說他回來再簽署租約。看樣子他好像有遠行。」

「他有沒有說他去那裡？」
「沒有。他只問附近有沒有長途汽車到大陸去。」
「我答他在花墟那邊有好幾間長途汽車公司，整天每小時都發車到大陸各地。」
「他什麼時候回來簽租約？」
「是上一個星期三，大約午飯後二點多。」
「他的神情怎樣？」步如嫣問。
招先生想了一下：「他沒有那份心急，換上是一臉神色凝重的表情。」
「還有沒有什麼特別的事情？」
「有哇！他說不小心弄丟了鎖匙，要用我們的備份鎖匙再配一條新的。」
二人謝過招先生到花墟那邊的汽車公司，發現下午有多車前往廣州、常平、東莞、順德、中山、恩平，最遠去到梅州和湛江，步如嫣用手機將發車表拍攝儲存在手機裡，他們走訪了所有汽車公司，售票人員對黃潮順沒有印象，根本不知道黃潮順會到那裡去。
他們照原定計劃去偵訊順嫂，來到樓下剛好有人出來，他們順道走進大廈，按過順嫂單位的門鈴，等了一會又是那個歐巴桑阿秀來應門，阿秀看到他們突然到來有點出奇，很快回復常態領他們進屋，奉過茶後坐在一旁，二人坐下不久順嫂蹣跚地從房間走出來，順嫂看來精神不錯，眉心好像少了一個結，態度也很從容，看見二人進來，純熟地用左手按下遙控器將電視機關掉。

如嫣先低頭致禮：

「順叔去得突然，妳一定很傷心，人死不能復生，請節哀順變，保重身體。」

順嫂冷笑了一下，開口：

「小如，我們是相識多年的老街坊，不怕妳將醜聞當笑話，妳也知我家的情況，這十幾年來我跟順叔只有夫妻之名，這不是我的錯，是順叔嫌棄我，我對他是始終如一，我知道做女人的本份，沒有像他癲三倒四到處鬼混，我盡力維持一個完整的家，對得住他們黃家祖先有餘。」

「妳的為人我們這些街坊都清楚明白，是他不當妳是寶，不懂珍惜妳。順叔離家以後有沒有回來？」

「沒有啊，他的手機也停了，我打電話到他辦公室去，他也故意不接聽我的電話，是他的同事告訴他請了假。到前天收到你們警方的通知叫我去認屍才知道他死了。」順嫂不屑地回。

「他的手機型號是什麼？還有他戴什麼樣的手錶？」

「他的手機是××的普通型號，只能接聽和打出電話，沒有現在的電話那麼多麻煩的功能，他的腕錶是名牌勞力士手錶，錶底刻有出廠編碼，當時用六萬多元買下，現在變了骨董手錶，升值好幾倍。」

「順叔離家那些日子，你是不是心裡惦著他？」

「才不會，我整天待在家裡想著阿德，而且我的糖尿病越發厲害，站得久一點也受不了。」

步如嫣看見順嫂發脹微黑的小腿點頭。「那麼順叔平常交的是什麼朋友？」

「他不是心臟病發死嗎？為什麼還要調查？」

「這是警方的例行工作，用來做結案的證據，譬如他有什麼相熟的男女朋友，生活習慣、嗜好等。」

順嫂咬一下唇。「我不知他交上什麼女朋友，他的豬朋狗友全都是他食環署的同事，他們到什麼地方玩樂，你去問他們吧。」

「他在食環署跟什麼同事走得近？」如嫣追問下去。

「小如，我看在妳的份上才告訴妳，以前他有個同事叫阿倜走得很近，經常與他到舞廳、夜總會去，北上大陸到東莞那些地方尋歡。」順嫂不耐煩地講。

「是否周承倜先生？」

「我不知道，我只聽見他在電話叫他阿倜。」

「妳還有沒有聽他講電話時提到什麼女人的名字嗎？」

「他跟那些狐狸精講電話時，會特地上街或在辦公室講，不會在家裡。」順嫂狠狠瞪了如嫣一眼。

「順叔生前有沒有立下遺囑？」

「有！不過不是給我，是給阿德，他將所有東西包括這一層樓都留給阿德，他常常罵我說他死後一毛錢也不會分給我，現在所有東西都是我的，但是，又有什麼用啊？阿德已經死了，我是寡母婆死兒子。」順嫂由高亢的語調變得沉重哀慟，然後嚎啕大哭。

「順嫂，不要再傷心了，至少妳不用為以後的生活費發愁。」阿秀插嘴。

「那一天妳跟阿德在常平旅遊住宿，他說他急著去唱卡拉ＯＫ，阿德上車時說了一些數字，那是一串很長的數字像電話號碼？還是短的幾個數字呢？要是妳記得，這樣對調查阿德的事情會有很大的幫助，妳也想快點抓到殺死阿德的兇手啊。」如嫣鼓勵她。

順嫂瞇著眼在想，過了一會一抽一答地說：

「他接過電話說『是×××呀，知道了，是×××。』，但我記不得是什麼數字。」

「是三個位的數目字？」

「是的。」

「明白了，我們會嚴肅處理這件事情。」步打官腔。

「還有一個問題，順叔有沒有裸體睡覺的習慣。」

「我們是老一脫的人，不作這種時興的玩意。」

二人離開順嫂的家，步如嫣立即打電話給周承倜，說要邀請他吃晚飯，多謝他和有事情跟他商量，說好在上次那間館子七時等候。到達後如嫣要了一張在角落清靜的桌子，白揚說：

「兇手不是順嫂，黃潮順這十幾年沒碰過順嫂，怎會裸體等她跟她發生關係。」
「說得很對。順嫂的糖尿病很嚴重，站久了雙腿也會發脹，走路也一拐一拐，那有能力殺死強壯的順叔。」
「那些數字有什麼含意？」
「當時黃長德是搭計程車前往某地，他是個色鬼，要去的地方不外是卡拉ＯＫ，足浴店或者按摩院等色情場所，這組數字的意義極可能是指某一個服務生，三個位數的數字暗喻那個地方會是一個比較大的場子。」
「嗯，事情原來是這樣。」
「不要裝作純情小男生了。」如嫣嘔他一句。
周承倜這時走進館子，仍是精心打扮模樣，三人寒暄過後，步選了冷盤，主菜，周要了一支紅酒，三人邊吃邊談，周喝過一啖酒問：
「是颳什麼風？讓小如請我吃飯？」
「我不是說過要回請你嗎，還有，有一個壞消息。」
「什麼壞消息？是不是妳媽要結婚了？她不想直接告訴我，派妳通知我？」周承倜脹紅了臉說。
「不是啦，媽很享受現在單身的生活。是順叔死了。」步如嫣拉下臉。
「什麼？他死了！怎麼會死了？」周承倜愕然叫出聲。

「現在仍在調查中，你跟順叔很稔熟嗎？」

「我跟他做了二十多年同事，他年紀比我大先我進食環署，我們曾在同一組工作，當時我是他的上司，他工作不太落力，不過甚具台型，站出來已經壓得了場，粗聲頤氣，無牌小販遠遠看見他大步踏過來，立即聞風喪膽抱著家當逃跑，但是順叔身體超重跑起來比他們慢，通常捉不到他們，故此尚算稱職。」

「聽說你們志趣相投。」

「不，我比他有品味得多。」

如嫣噗哧笑了出來。

「我愛繁華璀璨，羨美景良辰，好美女美食，慕鮮衣古董，喜花鳥管弦，嗜好高尚。是個有品味的公子哥兒啊。」

「告訴我你們的分別。」步繼續慫恿他。

「那是靈與肉的分別。他見到異性就像一條狗公看見母狗流口水，腥的臭的也拉進屋裡，年輕時尤其厲害，當時順嫂仍年輕可人，身材苗條，很有吸引力，不過他已經是花街柳巷的長期駐場恩客。」

「真的不能想像順嫂曾經美貌過。」

「十八青春無醜女嘛。順嫂是生下黃長德才發胖的，後來又做了一趟大手術，把身子搞垮了，回復不了原本的美貌和身形。」

「是什麼手術？」

「我也不大清楚，聽說是婦科手術。」

「最近他有什麼新的女朋友？」

「黃潮順這個人玩得十分灑脫，即是對女人十分狠，他從不在女人身上放下情感，說分就分，絕不拖泥帶水，如果他長得帥一點、有風度一點可以擔當情場浪子這樣的虛名，所以從來沒有女人能在他的身上榨得半點油水，說他無情也可以。」周說完後又啜飲了一口紅酒。

「有沒有女人因此對他懷恨於心？」

「我想是沒有，他是個醜男，性格自我倔強，舉止粗魯，只比現在來港旅遊的強國人稍好，只差在沒有當眾蹲在街抽煙、吃飯、抖腳，不過他會用養長的尾指指甲剔牙縫，經常用手挖鼻孔，也沒有什麼女人緣，男女關係是明買明賣，又不是特別富有，沒聽說過有女人為他神魂顛倒。」

「對強國女子來說他仍屬季子多金。」

「說得也是，最近他頻頻北上，據說這些年他曾短暫包養過強國小三。」

「你知不知道那些女子的背景？」

「不知道，我最近曾與他一起北上到東莞作樂，後來各自各精采，只聽到辦公室內好此道的同事提及過，但是順叔不會在工作時提及這些事，也不會在朋輩炫耀曾經包養過幾多個女子，大家很清楚他對女子的態度，他倒是時常提到他的兒子，說黃長德長得高大英俊，頭腦靈活，日後一定會出人頭地。不過，現在二父子都不在了。」周承倜有點感傷，跟著又喝了大口紅酒。

「順嫂知不知道順叔包養小三？」

「知道又如何，順嫂能奈得順叔什麼何！」

「你對這個大陸的電話號碼有沒有印象？」如嫣拿出一張便條給周，上頭寫著黃長德在常平旅行最後一晚冶遊前，打出及接收的電話號碼和用戶的姓名。

「啊，原來是這個朱小勇，我們叫他做小朱，他是我們到常平市的特約司機，不過這個是舊號碼，他最近已經停用了，我找他新的電話號碼給你。」周承倜立刻拿起他的電話，去到通訊錄找出電話號碼、whatsapp給步如嫣。

「他的工作期間有沒有跟人結怨？」

「你也知他的工作性質是管理小販，是與在街邊討生活的人對立，只要牽涉利益問題，必然要發生雙方暴力對抗的局面，當然小販總是落敗的一方。要說是否曾經結怨嘛，聽聞最近有一對賣山草藥的老夫妻被黃潮順那組人追捕，女的逃脫了，男的跌落一條明渠淹死了。」

「在哪裡？」

「就在深水埗的天光墟，當半夜食環署小販隊收工後，一些老人家擺地攤賣一些二手家庭用品、衣服等，到早上七時小販隊開工，那些老人家也收起攤檔離去，但有時一些老者走避不及被逮住，會遭到票控，其實那些老人家也蠻可憐，只是賺個小錢嘛，何必趕盡殺絕。」

「是不是因為老弱體衰，小販隊才欺侮他們，拿他們交差，反正拉到法庭，法官見到他們也會憐貧惜老，法外開恩。」白揚輕輕地開口。

「你真是想得通透，直說到我的心坎裡。」周承倜道。

「那個老伯的家屬有沒有上門找順叔麻煩？」如嫣繼續問。

「那倒沒聽說過。畢竟是那老伯自己跳落明渠溺斃。如果是在強國，順叔已經犯下了過失殺人罪，不過城管有特權。」

白揚離席接電話，如嫣趁機「假公濟私」地問道：

「談完了公事，我們說說私事，你跟媽怎樣？」

「還不是那樣，她愛被追求的感覺，對我若即若離。」周承倜欲語還休。

「你要加把勁了。你、媽跟露露阿姨認識了很久了？」

「你媽媽沒跟你說嗎？」

「媽說你們是老朋友，關係良好。」如嫣說的最後一句是自己添加上去的。

「關係良好，真想不到她會這樣形容，不似她會說的說話。」周語氣曖昧。

「哪你怎樣形容你們三人的關係？」

「是糾纏不清，剪不斷，理還亂。」醉眼瞟了如嫣一下。

還想進一步問下去，白揚就剛好回來了。「我醉了，不勝酒力想早點回家休息。」周承倜藉機打退堂鼓。

步如嫣結過賬，與白揚送周承倜到計程車站，三人等了一台計程車來到，周拉開車門上車時停下來，用慎重的語氣在步如嫣的耳邊說：「小如，你差一點就是我的女兒了。」

如嫣來不及反應周已經走了，她楞楞地站著竭力消化這句震撼的說話，白揚推了她一下，好奇地看著她：「周先生是否對妳示愛？」

「不，他說喜歡你，他愛孌童。」如嫣隨口胡扯。

「步督察，妳真的很過份！」白揚氣憤地叫。

「對不起囉。」步如嫣學著白揚的語氣，氣得白揚啼笑皆非。

第九章

步如嫣一大清早天未亮，來到深水埗的天光墟，街道兩旁擺滿了流動小販的攤檔，有不少晨運客來到趁熱鬧，步由街頭走到街尾，見檔主多是老人家，買的都是舊衣服、二手電器、古早書藉、黑膠唱碟、碗碟、陶瓷器等物件，步接近明渠其中一個攤檔，跟看檔的歐巴桑搭訕：

「今早為什麼不見了那個賣山草藥的大嬸？」

「這幾天也不見她來擺攤，不知道是否生病了？」

「真不巧，還特地來想跟她買些新鮮的臭草回去煮綠豆海帶甜湯。那麼她的老公呢？怎麼也不見他？」

「唉，他死了，上幾個月貴叔為了逃避那些如狼似虎的食環署小販隊員，跳進了明渠游過對面岸，游到中心時被淤泥卡著溺水，我們這些年老力衰的老鬼只能在渠邊乾急，那些小販隊員嬉嬉哈哈在水渠邊互相開玩笑，沒有打算落水救人，直至貴叔體力不支沉入渠底他們還慢條斯理、悠哉悠哉地踱步，旁人看見勢色不對馬上報警，到消防署的潛水員落水把他撈起時，貴叔已經去了。」

「貴嬸一定很傷心。」

「她每天都以淚洗臉，不停詛咒那個長得似肥豬畜生的頭頭，哭罵他逼死她的老公，我們每晚披星戴月賺那十元八塊，又不是犯法，他們像強國的城管，對付我們就像食肉獸捕捉廝殺山羊、兔子一樣。」

「貴嬸住在哪裡？」

「在那邊深水涉的公屋，好像是紅花樓吧，不知第幾層樓，什麼單位了。我也不跟妳聊，天快亮了，我要趕快收起東西，免得給那些豺狼擒住。」

步如嫣默默看著她馱著一個大包袱蹣跚地走了，心中嘆息地回去警署與彪叔等人開會擬定作戰計劃，白揚報告：

「黃潮順在放假當天提取了二萬元後跟著出境到大陸，上星期三早上九時四十二分入境，接著到銀行提取了十萬元。」

「黃提取了二萬元是付租金和訂金，那十萬元不知道是他生前給了人？還是死後被人偷走。」彪叔說。

「黃潮順在香港時打一通電話到大陸，那個大陸電話號碼在這幾天也關了機，根據大陸公安提供的資料用戶的名字叫莫娟娟，其他的電聯都是與朋友通話，說的都是平常事。」

「我們偵訊過順嫂，確認黃沒有裸體睡的習慣，他的手機是××牌普通型號，手錶是正版名牌勞力士。今天早上我到了天光墟去找那個賣山草藥叫貴嬸的歐巴桑，知道她這幾天沒有擺攤，又知道她對黃潮順恨之入骨，黃潮順那座大廈的監察電視拍攝到的老婦可能是她。現在我們兵分二路，彪叔去查黃的手機和手錶的下落，我和白揚去調查貴叔的案件。」

各人分別出發。隔天開會，彪叔先有動作：

「我們圍繞黃潮順住處的區分訪查，走遍了不少舊區，在深水埗鴨寮街一個收購二手電話的排檔找到了黃潮順的電話。」

「為什麼這樣肯定？」

「因為賣家並未將當中的電話卡取去就賣掉電話。」

「那麼賣電話的人一是很粗心大意，一是對現代科技十分無知，賣家是什麼人？」

「是一個黝黑矮小的老婦人，檔主記得很清楚她賣電話時那種怨忿的表情。」

「你們做得十分好。」一步如嫣讚道，跟著說：

「至於貴叔的命案詳情，死者叫曾阿貴，祖藉廣東省博羅縣，七十五歲，五十年代初來港，幹過許多行業，退休以後賣山草藥為生，為人和善，少與人爭執，夫婦二人過活沒有兒女，死者身材瘦小得像猴子，身體強健，善游泳，當時有眾多證人證實死者是獨自遊過明渠時，卡在淤泥遭溺斃，死因無可疑。」

三言二語概括一個人的一生。

「看來下一步我們要去偵訊曾阿貴的妻子。」白揚接話。

步與白先到黃潮順命案現場轉一轉。之後來到深水埗紅花樓公共屋村的管理處，查知曾阿貴與太太二人住在五樓五一二室，這些六十年代興建的舊型公屋最高只有六層，沒有電梯，二人走路樓梯上去。

步如嫣按下五一二室的門鈴，過了好一會，才有一個年過七十歲，瘦削矮小只到如嫣肩膀的婦人應門，她目光陰鬱、神情倨傲隔著鐵閘上下打量二人，如嫣先發制人拿出委任證：

「我們是警察，調查最近這裡屋村的偷竊案。」

「我最憎恨紀律部隊，尤其是那些作威作福的小販隊。」

「請妳合作，我們只是問幾句，我們可以進來嗎？」

婦人心不甘情不願打開鐵閘讓他們進屋，跟著大喇喇坐在沙發上也不看二人，白揚檢視周圍環境，屋內陳設十分簡單堆放了不少新鮮和晒乾的草藥，在牆上掛著幾幅照片，其中一幅是男女雙人站立照，照片中人很年輕，穿著廣東古早式樣的衣服，一般瘦削，男比女高半個頭，女子一臉倔強，男的神情有點卑微，五斗櫃上放了一只勞力士手錶，白揚用眼神示意，如嫣看了一眼照片和腕錶後開口：

「阿姐叫什麼名字？」

「不要耍貧嘴，阿姐前，阿姐後，叫我貴嬸。」婦人粗魯地回答。

「貴嬸做什麼職業的？」

「妳看不見嗎？屋裡全是山草藥，我們是賣藥的。」

「妳們從那裡買到藥？」

「是我跟我老公在山上採草藥回來，晒乾後拿到街上賣的。」

「這是妳老公年輕時的照片嗎？」如嫣指著那張雙人照的男人問。

「唔。」貴嬸用鼻音回應。

「這個手錶是誰的？」步拿起腕錶。

「關妳什麼事？是我老公的。」

「妳老公戴得下這隻手錶嗎？這隻錶的錶帶的鋼圈寬大，妳死去的老公身型瘦小，絕對不能戴得下這隻手錶。」

「我是從街上撿回來的，妳管得著？」貴嬸仍然嘴硬。

「哪就是賊贓咯，這隻手錶的錶底鑄有出廠編碼，是前幾天一個死在旺角住所的男人之財物，就算妳撿回來的，也觸犯了拾遺不報，搞不好，妳是接贓，要坐牢啊！妳是怎樣得來的？」

貴嬸默不作聲，目露凶光，嘴唇不住微顫。

「我要帶妳回去警署審問，不是告妳接贓，是控告妳殺死黃潮順。」如嫣威嚇地從袋中拿出手銬。

「是那個豬玀逼死阿貴！我們遲了一點收起地攤，他們兇神惡煞衝過來搶走我們的貨物，我們連家當也不要只顧逃命，阿貴把那隻豬玀推倒在地上，讓我借機混進人堆去，阿貴往明渠那邊跑，豬玀老羞成怒叫道『一定要捉到他，押他回去好好招呼他。』幾個彪形大漢分頭包抄阿貴，阿貴走頭無路，只得跳進明渠游水到對岸逃命，豬玀大言不慚說『我們打賭他能游得多遠。』後來阿貴卡在水渠中央，大家都責難小販管理隊他們，叫他們下水救人，豬玀懶洋洋說『那個癟三犯了法，阻差辦公開罪了我們，他享受多少風流，就有多少折墮，那是他的報應。』大家不值他的所為，打電話報警。但是有什麼用，等到消防處蛙人到來救起阿貴，阿貴已經死了，是那隻畜生害死阿貴。」貴嬸的聲音從憤怒嘶叫，到嚎哭啜泣。

「妳是怎樣找到黃潮順？」

「這那日子我每天都跟蹤他，從他的辦公室到他的家，知道他搬到旺角獨自居住，就在上幾個星期忽然不見了他，我怕從此找不到他，幸好上星期三見到他回來。」

「妳當初打算怎樣做？」

「我什麼也不想，只想當面臭罵他一場。」

「妳不怕嗎？他身高體健，脾氣暴燥，妳惹毛了他，他隨時會賞妳一頓老拳。」

「我不怕，我有東西傍身。」貴嫂陰沉地笑了笑說。

「妳上星期三什麼時間到達他的寓所？之後又發生了什麼事情？」

「我大約是八點去到他的住處，我用萬能鑰匙打開房門，看見他光著身子倒臥在地上，看似熟睡，周圍雜物亂成一團，當中有一截金鍊露了出來，我撿走了金鍊，取走床頭几上的手機、勞力士腕錶和錢包裡的紙幣，將門關上就走了，前後不到十五分鐘。」
「妳怎知道黃潮順熟睡？妳有沒有碰過他？」
「我見他赤身露體臥在地上，動也不動，反而怕得要命，怎敢碰他。」
「他的身體有什麼特別？」
「沒有，還不是男人一個。」
「他的身體有沒有傷口？」
「沒有，不過他面容痛苦，左右頸側紅了一片，雙手握拳。」
「那條金鍊是怎麼樣的款式。」換白揚問。
貴嬸用詫異的目光看著他，跟著說：
「那是一條很普通的金鍊，不過，是繫著一個心型的吊嘴。」
「吊嘴裡頭有什麼？」
貴嬸又露出驚訝的神情：「我打開看過，裡面有一張可愛嬰兒的照片。」
「那條金鍊在那裡？」如嫣粗聲粗氣了。
「我把它當掉了。」
「那是賊贓，當票在那裡？」
「我把當票連那吊嘴裡面的照片撕碎，掉進馬桶沖走了。」
「妳在那間當鋪金鍊的？」

「我不記得。」貴嬸篤定的說。

「還有哪些錢呢？」

「什麼錢？我沒見過。」

「不要裝蒜，是妳拿走那十萬元。」

「我從沒見過，也沒拿走那十萬元。」貴嬸堅毅地說，閃了一個輕蔑的眼神。

如嫣憤怒地看著她，惱她的狡猾。

「我們要帶妳回警署落一份正式的口供。」

「好的。我老了，好容易忘記事情。」貴嬸表情自在。

二人帶貴嬸回警署交給彪叔和白揚落口供。下午開會研究新的線索，白揚報告：

「據貴嬸的口供，她去到時不知黃潮順是否死去，但是黃已經死去，因為貴嬸看到黃左右頸側有一片紅印，那是屍斑，屍斑是於人死後半小時至八小時出現，而且他面容痛苦，雙手握拳，那是心肌梗塞最典型的心臟病。」

「為什麼那二個位置會首先出現屍斑？」步如嫣自言自語。

「跟著貴嬸拿走了金鍊、紙幣、手機和勞力士手錶，停留了十五分鐘關上門走了。到上二天命案被發現時，已經有人用有靠背的椅子抵著木門，裝成一個密室，案件的時程是暉仔在七時聽到有人打架，黃潮順心臟病發而死，來人離開，八時貴嬸到來，八時八十五分離開，之後又有人到來，不知什麼時離開？」

「是什麼人在貴嬸離去後到來？為什麼要到來？」

「有二個可能，一是跟黃潮順打架那個人，一是有第三個人。」彪叔又開始推理。

「我想是跟黃潮順打架那個人再回來，他回來尋找金鍊。」如嫣回。

「怎說？」

「如果第三個人到來，看見黃潮順伏屍現場，無論是敵是友都不會移動屍體，也不會花心思偽裝密室，若第三個人是黃的朋友會立即報警，是敵人會離開現場。只有跟黃糾纏打架的第一個人才會回到現場，要尋回失去的金鍊，縱使冒著黃潮順未死去之危險走進去。」

「不，第一個人一定肯定黃潮順已經死去，他所冒的險是被人發現在命案現場。」

「第一個人是要找回那條被扯斷脫落的金鍊？」白揚問。

「是的，那個金鍊吊嘴裡面的嬰兒照片對第一個人非常珍貴，令她不惜冒險回到凶案現場，我想那個人是女人，也是個母親。」如嫣說。

「那個女人找不到金鍊，卻將黃潮順的屍體搬到床上，將現場佈置成一個密室，裝作黃潮順是睡夢中死去，為什麼要這樣做？黃潮順可能被謀殺，但偏偏驗屍報告明確指出黃潮順是心臟病發而死。」

「那十萬元不翼而飛啊。」

「那十萬元是貴嬸取走了，當步督察質問那些錢往那裡去，貴嬸的態度輕蔑又堅決，我想你跟彪叔要下點功夫將貴嬸審問出來。」

「為什麼不是第一個人取去十萬元？」白揚再問。

「如果是她取去，她會同時也拿去勞力士手錶，手錶更值錢。她殺了黃潮順慌張得很匆忙離去，那有心思想要去偷取財物。」

「還有，第一個人第二次回來時是用鑰匙打房門，招先生的證辭是黃潮順從大陸後說丟失了鑰匙，要求招先生用備份鑰匙配一條新的給他，我的推論是黃潮順是給了那一條鑰匙給第一個人，讓她隨時上他的家，二人的關係是非常密切。」

「那麼會不會是貴嬸殺死黃潮順？」

「不會，貴嬸上去黃潮順的住所時是帶了利器，她企圖殺死他報仇，但黃潮順身體沒有傷口。現在的瓶頸是如何證實黃潮順被謀殺。」

「好了，我們有了結論。彪叔，白揚你們到貴嬸賣掉手機附近的當舖調查金鍊的下落，明天再開會，現在散會。」步如嫣總結。

第十章

步如嫣啜飲著馬克杯的咖啡看黃氏父子凶殺案的檔案，想了一下，在手機按下號碼。

「早晨，哪一位？」

「早晨，周叔叔，我是小如。要是我們到常平市找朱小勇帶路，方便嗎？」

「可以呀，妳什麼時候上去？我先給他電話打個招呼，等妳到常平再聯絡他。」

「我會在這一，二天到常平市，麻煩你先給他電話，謝謝你，周叔叔。」

「不用謝。還有，我昨天醉了說了二句傻話，開了妳的玩笑，請妳不要放在心裡，不要告訴妳媽媽啊。」周承倜心虛地說。

「不會啦！我也知道周叔叔愛開玩笑。」如嫣禮貌地回答。放下電話後心想那些話才是酒後吐真言，周畫蛇添足掩飾，反而顯得欲蓋彌彰，遲一點等我閒著再向媽媽套話。

如嫣向盧警司報告案件的進度，說發現了新線索，要到大陸常平、東莞等地調查，長官考慮了一會才勉為其難地批准了申請。如嫣與白揚約下午二時在旺角港鐵站碰面，搭乘開往廣州的快車，列車先經常平，後到東莞。步跟白揚約定不要表露香港警察的身分，由白揚聯絡司機朱小勇，自己閉目養神思考下一步的行動，預計大約會在五點到達常平。準時到達常平後二人走出火車站，在計程車站的另一邊搜索小朱的汽車，見一個約三十多歲的大叔向他們招手，二人走前面對過車牌號碼正確無誤。如嫣說：「朱先生，你好，麻煩你了。」

「不要這樣說，叫我小朱好了，周先生今早打電話給我，說步姑娘會在這一、二天到來，想不這麼快。這位一定是白先生。」小朱露出一嘴煙垢黃牙。

白揚跟他握手寒暄，二人坐到後座，小朱平穩地將車開走。

「二位要到哪裡？」

「先到君悅酒店去，我們已經訂了房間。」

「好的。」

「小朱，你記不記得幾個星期前黃先生來到這裡，你曾經打電話給他。」

「哪一個黃先生？」

「是黃長德，他是我和周先生的朋友。」

「原來是小黃。」

「那天晚上你給他電話，告訴他什麼人回來了。」

「是一零三號回來了，她是美豐芬蘭浴室場的一個按摩師。」

「小黃對我們盛讚一個按摩師的技術超好，原來說的是她。那麼小黃的爸爸上星期有沒有到來？」如嫣大膽假設性地問。

「沒有哇。大黃好久沒有上常平市了。」

「小黃和大黃是否同時認識一零三號？」

「我不知道，我只見過小黃跟一零三號一起逛街，然後去那些地方咯。」

「什麼地方？」

「都是那些地方嘛。」小朱陰陰笑了笑。

「一零三號長得怎樣？年紀多大？叫什麼名字？」白揚問。

「她大約二十七八歲，是女人最美的年紀，微絲細眼，客人都叫她們的號碼，除非你跟她們十分熟絡，她們才會告訴你她們的名字，就是告訴你，可能也是假名啊，這些事情大家都心知肚明，逢場作興嘛。」小朱顧左右而言他。

「她是按摩師，她的技術是否如小黃說那樣好？你有沒有試過？」

「我未找過她按摩，她工作的美豐芬蘭浴室場是大場，按摩師的外貌和技術都是經過精挑細選的，收費比一般細場要貴上好幾倍，我們本地人怎能消費得起，除非是你們香港人或者吃的用的都是阿公的幹部。」

「小黃在車上叫一零三號什麼？」如嫣突然丟出尖銳的問題。

「叫她阿嬋。」小朱口快，尷尬地乾笑了幾下。

「她什麼時候來到常平工作？」

「我也記不得很清楚，大概是二年多年前。」

「那麼小黃二年多前已經認識阿嬋？是怎樣認識？」

「我不知道。」小朱敷衍了事地答。

車子到達了君悅飯店，如嫣給了車費和小費。二人辦妥了住房手續，約好半小時後在飯店大堂等候再到美豐芬蘭浴室。

如嫣進房後習慣亮著所有的電燈和電視機，然後到盥洗室洗個臉清醒一下，聽到正在報導前幾天東莞市南橋區發生了一件爆炸案，炸死了二男五女，屍體被炸得難以辨認，跟著又轉播了中央電視台的照例歌頌黨的新聞。

二人會合後乘計程車到美豐芬蘭浴室去，不多久到達目的地，前面是半圓形的小廣場，沿著廣場旁邊種了及腰的樹籬，自成一隅，另一端是仿古羅馬萬神殿的入口，後面是二層高富麗堂皇的建築，天台上五光十色的霓虹燈閃亮地擁簇著招牌，二人付過車費後準備走進去的時候，一輛公共汽車停在前面，乘客不斷下車攔著他們的去路，其中一個約七十歲的老伯下車時不小心踏錯了腳步，仆倒在行人道上，臥著地不起，面上露痛苦的神情，路人四散，跟著又圍成一圈看熱鬧，阿伯呻吟的叫著：「扶起我，幫我，幫我。」

每個人都聽到，卻沒有人伸出援手，反而向後退了一步。步如嫣看不過眼，正想走上前要扶他起身，白揚卻急忙伸手把她拉住：

「不要碰他，以免惹禍上身！之前在南京有一單『彭×案』，有一名年輕大學生彭某因為好心扶起一個跌倒的老婆婆，捲入官非，當公安來到後那老婆婆一口咬定是彭某從後面將她推倒在地上，受了重傷，事件鬧上了法庭。彭某說他是見義勇為見到老婆婆向前跌倒，幫助扶起她，可是沒有人證，法官不聽大學生的辯解，更說要不是彭某推跌老婆婆，根本沒有理由停下來扶起她，所以一定是彭某推倒了她，判彭某罰款幾萬元給老婆婆！這一單熱心助人卻被坑、恩將仇報的案件在網路上瘋傳，轟動一時。現在的情況跟彭某案相似，在強國不要隨便做好心，就是打電話給公安或醫院也不要做，否則隨時被阿伯誣告是你推倒他令他受傷，要不然為什麼無緣無故要打電話報公安。」

步如嫣聽了白揚的說話，動彈不得。

「不是的，是我自已跌倒，請幫忙打電話報公安，或到醫院去，真的我自己跌倒，與別人無關，我很痛很辛苦，求你們幫我，幫我。」老伯哀嚎叫著。

如嫣動了惻隱之心要扶起他來，白揚立即拿出手機大叫：

「慢著，阿伯，你再說一遍剛才的說話，我拍下來作為證據是你自己落車時不慎跌倒受傷，與人無尤，之後我們會打電話到有關部門。」

阿伯依言再說一次，白揚將之拍下後打電話到公安及醫院，事件擾攘了大半個小時才告結束。

「這個國度不是道德淪亡，是人心大壞。」如嫣深深地長嘆。

「強國的宗教是金錢，大家向錢看，不是為人民服務，是為人民幣服務。」白揚道。

「中國人原來就是一個講求實際的民族，如今鼓吹向錢看的觀念，將人們追求現世利益的慾念推往極致。」

二人慨嘆了一會後走向浴室，穿過了正門走進接待處，一個女子嬌滴滴地問過他們人數後，帶他們到後面的交誼廳等候，坐了一會一個貌似媽媽桑的女子走出來打量一下他們，猜度步與白揚二人是什麼關係，笑著對他們打躬作揖：

「我叫芸姨，二位是否要做全身按摩？要不要一個貴賓房，貴賓房只是多了一點點錢，但是環境清靜獨立，不似在大堂被其他人看到，尤其是這位漂亮的女士不想被其他男客色迷迷地偷看吧，而且貴賓房還有很多設備啊。」

「我們是要做全身及腳底按摩。白揚，要一個貴賓房好嗎？」

「好的，就要一個貴賓房好了，費用不是貴太多吧。」白揚對著芸姨配合如嫣。

「只是多一點點。二位要點那一位按摩師？」

「我想點一零三號。」如嫣態度自然切入核心。

「我沒有相熟的按摩師，你介紹一個好了。」白揚接著說。

芸姨領他們到一個房間，裡頭有四張可調校的按摩椅，無線上網免費使用，卡拉OK，二部液晶體四十二吋電視機，還有自動洗麻將枱，二人除去外套、鞋子，蓋上大毛巾躺在床上，不一會兒兩個女子進入房間，替步服務那一個是身量不高，圓臉大眼，如嫣看了她一眼即合上眼，她先從額頭開始按摩，再到面部，力度恰到好處，令如嫣昏昏欲睡。但她沒忘了此行的目的，開始搭訕：「妳叫什麼名字？」

「我叫王豔。」

「什麼人氏？」

「四川人。」

「剛到這裡工作？」

「是啊，幹了約一個星期。」

之後如嫣不再說話，直至女子完成整套按摩程序，給過小費坐起身休息，喝口茶，芸姨走進來詢問：「滿意不滿意？技術怎麼啦？」

「還不錯。但是不及以前那個一零三號阿嬋好。」

「其他人那裡有得比，阿嬋以前是我們這裡的皇牌，她是科班出身，手法嫻熟，力度拿捏準確比一般按摩師的層次高得多，許多客人來到特地指定點她的。」

「看她年紀不大，她是跟那一個師傅學得這一門手藝？」

芸姨看了如嫣一眼。「不是啦，她是專科護士學院畢業，文化水平很高，曾學習中醫，對人體構造和穴度位置十分了解，有科學理論知識，又不斷鑽研實踐才達到高水平，她是自學成功。」

「她是專業人士，為什麼要做按摩師？」

「這個我也不知道，只聽其他人說過她在家鄉做護士賺不了多少錢，家累又重，把心一橫拋個身來幹這一行吧。」

「這裡是個大場，她有許多熟客掙得很多錢，為什麼要離去？」

「人望高處嘛。」芸姨不置可否。

「她什麼時候離開？」

「這個嘛，我也不大記得了。不過我們會堅定不移改進我們的技術，大大滿足各位貴客的要求。」

「妳們很好，我的男朋友想試一下傳說中阿嬋的神乎其技。」

「妳也挺大方啊。」

「阿嬋去了哪一間店？我們真的很期待。」

如嫣拿出了一百錢給她：「這個給你。麻煩你，我們結賬。」

「阿嬋去了那裡我也不大知道，我出去問一下其他師傅，回頭再告訴你。」

芸姨說完走出房間，過了十多分鐘走進來。

「我問過其他人，說阿嬋好像是去了東莞市，一間叫春風園按摩推拿所，她大約在二個禮拜多前離開的。」

「是這樣啊。謝謝妳，我們坐一會才走。」

白揚暗中用手機拍下芸姨的照片，芸姨禮貌周到。「不用急，請儘管休息，日後請再來惠顧啊，我先出去。」

如嫣二人回到酒店吃過晚飯後各自活動，她在房間打報告，想著小朱有事情隱瞞、芸姨的態度曖昧。

第十一章

第二天他們吃過早餐才出發，東莞市是越夜越燦爛的城市，早上那些娛樂場所卻是蒼白空洞的虛架子，他們想約小朱到飯店送他們去東莞市，但小朱推說剛好有熟客約了他送他們虎門炮台遊覽。二人在飯店攔了輛計程車，開車不久愛說話的中年司機打開話匣子滔滔不絕。

「這裡常平鎮離東莞市不遠，只要大約三十分鐘車程，但是常平鎮跟它比，真是小巫見大巫，東莞是全國馳名的性都，整個東莞管轄地區有三十多萬女子從事娛樂事業，有一半都在東莞市謀生，許多女工從其他附近鄉鎮工廠的生產線下崗後找不到工作，都不約而同投身這門子生意賺快錢，女子半邊天撐起東莞的繁榮，也養活了家鄉的親人。」

「真的是難而想像啊。」

「姑娘，東莞有一句說話是這樣說：『去了第一次想去第二次作樂，去了第一次不想去第二次因為治安差。』，還有『愛老婆的男人別到東莞來。』它也是臭名遠播的罪惡之城，到時你要管住你的男朋友不要被小姐拉走，你的男朋友也看緊姑娘你，以免被人當街搶劫非禮。」

車子從高架公路拐了個彎進入東莞市，東莞地區有人口一百多萬，東莞市是一個現代城市，汽車如流，行人如梭，高樓林立，車子停在紅綠燈前，路旁有巨型屏幕不停播放東莞地區的建設，有古老的可園、新建築物、虎門炮台、整潔和名店滿街的道路、山明水秀、健康充滿活力的學生，就是沒有五步一樓，十步一閣的娛樂場所，最後還打出了宣傳句語『東莞，每天綻放新精彩。』

「這間春風園按摩推拿所是怎麼樣的店？」白揚問他。

「你們沒有去過嗎？」

「我們聽朋友說這一間店的按摩師的技術是一流，動了念頭來嘗試。」

「啊。這間按摩所是一間十分正派和正宗的店，規模較小，老闆自己也是按摩師，那裡的師傅都有很好的手藝，以提供正宗按摩推拿做招來。」

「有沒有一個女按摩師叫阿嬋？」

「那倒沒有聽過，是不是最近新來的，那些出色的按摩師經常被人挖角跳糟，流動率十分高。」

車子離開了繁華的地區，停在一處混雜了住宅和商店的小區街道旁，司機指一指橫街盡頭的建築物，二人付過車費後走到街尾，那是一座外表平平無奇的三層古老建築，門口掛著一個不顯眼的招牌，二人推門進入，門框上的搖鈴噹噹作響，來到不大的接待處，只有一個搞衛生的胖大媽在清潔，看見他們走進來說：「我們中午才營業，他們還未上班。」

「我們是來找人的，這裡有沒有一個叫阿嬋的女按摩師。」

「你們找那個按摩師傅叫幾號？」

「我們不知道，你們的老闆在不在？可否帶我們見你的老闆。」

「老闆還沒有回來。」

二人無計可施之際，此時有一個女子從裡面走出來準備上二樓，清潔大媽喊著她：「醫師，這二個人找阿嬋，不知是否妳的同鄉？」

那女子停下步轉過身來面對步二人，白揚電話響起走到不遠處接電話，女子年紀二十來歲，身量高挑體態纖巧，難得是骨肉勻稱，瓜子臉，五官端正，那雙丹鳳眼瞄過來，色不迷人人自迷，受迷惑者感覺她是煙視媚行，秋波頻送，可是眼神含怨，像曾到阿鼻地獄走了一回，她答道：

「我今天早上剛從鄉下回來，還未跟她聯絡，不過，她快要到來上班，你們去逛一會街，再回來就好了。」

「妳們不是住在南橋區附近嗎？那裡的小巷彎彎曲曲不好找，不如妳帶他們去不是更方便嘛？」清潔大媽人很熱心。

那女子瞪了大媽一眼，大媽立刻噤若寒蟬退到一角掃地。

「我很忙，妳不見我在等客人上門嗎？」那女子露出期待的目光說。

「拜託，請你幫我們一個忙。」白揚福至心靈拎出一百錢擋著其餘二人走上前。

「好吧，就看在你這位帥哥的份上。」女子快手拈走紙幣。

三人走出按摩所，「師傅，如何稱呼？」

「我姓任。」

「任師傅，妳好。我姓白，她姓步。」

任只是點頭示意，顯得很冷漠。三人走到大街攔了輛計程車，任坐上副駕駛座對司機說到南橋區某街道，車子平穩開動，任問：「你們找阿嬋幹麻？」

「我們是受人所托要找阿嬋。」

任沒有接話，氣氛即時沉下來。換如嫣問：「阿嬋的名字叫什麼？」

「你們連她的姓名也不知道又為什麼要找她？」

「老實說，我們是從香港來的私家偵探，有人請我們找她的下落。」

任遲疑了一會才說。「她叫原素嬋。」

「妳們是同鄉？」

「我們是同是一條鄉的鄉里，不過我先出來工作，碰巧在這裡遇上。」

「那麼妳們是住在一起吧？」

「是的，為了省錢。」任沒有一般女子喋喋不休的習慣。

「任師傅，妳也是按摩師嗎？」白揚問。

「二位，你們是付錢給我帶你們找阿嬋，我的事情對你們並不重要。」

「阿嬋是否認識一個叫黃長德的香港男子？」如嫣還是忍不住追問。

「我不知道，她不喜歡跟別人談她的私事，等一會你們見到她自己去問她吧。」任冷冷地回絕。

如嫣碰了釘子沒話可說。車子到達了一處平房區，那裡全都是三四層高，沒帶升降機的平民住宅，白揚付過車費，三人下車，任領著他們走過許多曲折的小巷，到了一條窄巷的盡頭，發覺有公安的塑料封鎖帶擋住去路，前方是一處有三座倒塌的屋子，中間那座特別是上二層全倒下來，壓得一樓和二樓死死的，滿地散佈了燒焦的磚頭、扭曲的窗框、家具碎片、衣褲鞋襪等日常用品，只有強力的爆炸才能做成這樣破壞後果，但是有幾個工人在裡面挖掘，路人好奇東張西望。

「就是前面中間那座倒塌的樓房，我們住在二樓，但是為什麼會這樣？發生了什麼事情？阿嬋怎麼了？」任不斷輕聲自問，但是語調仍是很冷靜，步想她可是一個深藏不露的人。

「昨天傍晚我在常平市的飯店聽到新聞聯播，報導前幾天早上東莞南橋區發生了一宗大爆炸案件，原來就在這裡，我們得趕忙去公安局查問有什麼人死去？」白揚茅塞頓開。

「醫師，妳現在才回來，我看你的同鄉已經凶多吉少。」一把聲音在後面響起，他們轉身一看見到一個矮小黝黑的歐巴桑對著任說話。

「什麼？妳怎麼會知道？」

「昨天早上我剛買菜回來，聽到一聲隆然巨響，跑過來看熱鬧，只見滿天灰塵，火光熊熊，燒了很久才有消防車到來，可是三座樓都塌了下來，我從那個八卦的街坊糾察隊成員六嬸打聽到，有個外鄉男人跑到中間那座的三樓單位，那是你們住的那座，據說是找他的前妻復合，那女子因為是受不了他長年的虐待才跟他離婚，之後從鄉下躲他，躲到東莞來，男子不知道怎樣得知女子住在這裡，拿著炸藥威脅若女子不順從他，就來個同歸於盡，結果那個男人引爆炸藥將整座樓房也炸掉了，妳的同鄉當時在仍在睡覺，被塌下來的石屎砸個正著，我看見有好多人在瓦礫中被挖出，其中有一男一女可能就是那對夫婦，被炸得血肉朦糊，妳們的包租婆也被炸得重傷，不省人事，妳的同鄉在二樓首當其衝，抬出來時不只手腳燒焦，左邊面也給壓扁了，看來是死定了。」

「請問她送到那間醫院？」如嫣趕忙問。

「我怎知道？就算送到醫院，不夠錢付醫藥費也沒得醫，醫院不做慈善。」歐巴桑一邊說一邊走開。

「好了，我的任務也完了，找不到人不關我的事，你們也別問我要回那些錢。要找她，你們自己跑到醫院看看。」任摞下狠話，匆匆離去。

步如嫣想這個女人恁是無情，心中只想著錢，同伴的生死也不顧。

二人商量過後，決定到附近的派出所打聽，但那些公安對他們愛理不理，於是他們表露是香港警察的身分，公安即大打官腔說就算步二人是香港警察，也要經過官方渠道索取資料及得到公安的幫忙，他們只得打電話回香港叫同事申請，得到的回覆是要一天時間，他們決定多留一天。

二人接著跑去醫院查看，接待處的工作人員有一搭沒一搭敷衍他們，推說步如嫣他們不是公職人員，又不是家屬，醫院是不會輕率洩露病人的個人資料，最後露出期待的目光，如嫣不想再付錢賄賂買消息，反正明天就知道情況了便回飯店。

第二天他們拿到原素嬋的資料和公安一起到醫院，發覺昨天早上遺族已經認領屍體離去，事件告一段落。這二天不停地跑路，疲憊不堪，上到火車二人都癱在座位上休息，如嫣仍強撐著說：

「這個姓任的女人為什麼會這樣冷漠，對同伴的生死不聞不問，也不傷心，好歹也是一場同鄉嘛。」

「是啊，簡直可以用冷酷無情來形容這個女人，心裡只想著錢。」

「我在想許多事情太巧合，好像是等著我們去遇上，等著我們去看見，放著一個結果在那裡等我們發掘，感覺是一個設定好的局。」

「那場幾天前的爆炸不會是假的，強國很多東西都是做假，但是我們聽到，看到的新聞是真的，又在現場看見倒塌的樓房，只是未能見到死者。」

「你沒有聽過網上笑話嗎？強國的官方電視所報導的新聞，只有日期是真的，況且我們不能確定那死去的女子就是原素嬋。」

「不要說笑啦，妳在懷疑些什麼？」

「我覺得任的表現太不合乎人性，太多偶然了，好像刻意安排在等著我們到來，還有是我總覺得有些地方不對勁，可是我又說不出是什麼？」

白揚用純潔的眼光望著如嫣等她出主意。如嫣有時很氣白揚這一點無知。

「你把偷拍芸姨和任月兒的照片傳給我。」

他們下午回到警署，如嫣立刻閱讀大陸公安提供原素嬋的資料。

『原素嬋，女性，生於×××年×月×日，廣東省梅州市梅縣鳳來村人，漢華第一小學和第五中學畢業，梅州護理學院畢業，職業護士，未婚，家庭狀況：外祖母、母親、一姐及一外甥女。』

履歷很簡單，沒有什麼線索。如嫣放下思維，敲門走進盧警司的辦公室，向他報告這三天工作進程和結果，盧警司聽完後說：

「黃長德和黃潮順父子命案，手上的證據有疑點，仍未足以證明二人是他殺，黃長德是吸食可卡因後神志不清，迷迷糊糊忘記了關掉石化氣爐，卻關掉了空調機和抽風機中二氧化碳毒而死；黃潮順的死狀離奇，死前曾經跟人糾纏，全身沒有傷痕，驗屍報告指出他是因心臟病發猝死。」

「不，黃長德明顯在等人，那個人可能就是兇手，我們知道是個女人，她用計騙得黃長德喝下迷姦水使他昏迷，取走手機，讓石化氣爐開著，令他中毒而死。」

「石化氣爐是從黃長德進房後一直開著，中途黃長德換過新的石化氣，服務生阿雯已證實這一點，爐上只有侍者及黃長德指紋，李桂嫦走後第二個客人才到，這樣並不能指控第二個人故意讓石化氣爐開著，引致黃長德中毒身亡，而且房間門鎖的按鈕上面只有黃長德的指紋，再說，你們要找那個可疑的女人原素嬋已經被炸死了，這是大陸公安證實，你們也未能證實那個死去的女人就是黃長德等待的客人，亦是黃潮順用強摟求歡同一個的女人，除非有更多新的證據。」

「那個死去的女人只是其中一條線索，兇手仍是逍遙法外。還有黃長德、黃潮順接連突然死亡，那不是巧合，是有人精心策劃的謀殺。」

「法醫已證黃潮順體內其他器官也沒有受傷，也沒有中毒的徵狀，死因是心臟病突發，自然猝死，並無可疑。」

「也可能他是被重手按下某個穴道，引致死亡。」

「妳看太多武俠小說了！妳不如說他是被蛤蟆功、五陰白骨爪重創而死，查案是要講證據，妳不要代入復仇女神的角色。妳不要再管這兩個案件，檔案結束，出去處理其他案件，這是命令，聽清楚沒有！」盧警司整個大聲起來。

如嫣無力抗爭下去，垂頭喪氣走出去。

「還有你，你也出去！」盧也對嚇得傻傻的白揚喝道。

第十二章

如嫣死心不息上網瀏覽，找尋頸項二側神經的相關資料，竟然找到一些資料：

『人體的延髓裡，有一個迷走神經背核，它與迷走神經纖維組成一個心臟抑制系統，心臟跳動的節奏、速度受到迷走神經影響，若心臟抑制中樞處於高度興奮狀態，迷走神經也會隨之興奮，導致心跳過緩、心律失常，造成迷走神經反射性心跳和呼吸運動停止。人體的喉、頸、胸、上腹和生殖器神經分佈較多，這些部位的神經若然受到強大的刺激，都可能誘發神經反射性的心臟抑制，心臟抑制性急死過程十分短促，有的僅十餘秒，故此往往來不及搶救。』

接著又找到了一條新聞：『南京有一對新人婚後狂吻，新娘突然身亡，查其死因是急性心臟病發而起，起因是……』

如嫣在家裡待得不自在，來到她媽媽的社區中心百也是無聊賴閒著，到處晃來晃去，心不在焉，視而不見瀏覽壁報板，她媽媽看見問：「妳今天不用上班嗎？」

「盧警司要求我放幾天假。」

「為什麼？」

「為的是我們在黃潮順父子命案上意見不合，他臭罵了我一頓。」
「不要閃爍其辭喔，依妳的性格，必定跟他狠狠吵了一場架，他氣得叫妳放假。」
「媽，今天我們到哪裡午餐？」
「我才沒空陪你，我還有許多工作要做，等一會我要帶一大群老人家去參觀元朗的古蹟和濕地公園。」
「妳沒有空，我卻有空，我陪小如吃午飯好了。」
一道熟悉又高亢的聲音從外面傳來。二人抬頭向門外一看，露露穿了一襲露胸的深綠色長裙，上面綴了豔紫色的花朵，外罩一件豆青色毛衣，手指甲塗了亮綠色的指甲油，足下是暗綠色漆皮高跟鞋，像一棵盛放的紫荊花樹迎風招展，那種精益求益，愛打扮的精神跟周承倜真的可配成一對。
步如嫣被露露硬拉去吃午飯，臨走前瞥見媽媽促狹地對她竊笑。
二人到了商場一間上市的連鎖店茶餐廳，剛巧有兩名顧客在一個在角落的卡座離去，如嫣二話不說坐到卡座去，露露立刻瞪大眼：
「坐在別人剛坐暖過的位子上，很容易生痔瘡唷，要等一會讓它散散氣，待涼了才能坐上去。」
如嫣不可思議地看著她，一個歐吉桑拿來二杯茶放下，等著她們點餐。露露坐下後忙不迭脫下毛衣，展示一雙嫩白的藕臂，如嫣很快點了星州炒米粉配絲襪奶茶，露露仍拿著餐牌看來看去下不定主意，笑咪咪問侍者有什麼好吃，歐吉桑目光灼灼看著露露的胸部她仍若無其事，最後露露要了高湯火腿通心粉，一杯冰可口可樂，點過餐後露露旋即收回笑容，拿出粉盒小鏡不停補妝，最後滿意地看了鏡子一眼。

「在別人眼中，我們看起來是一對漂亮的姊妹花！」

如嫣差點被茶嗆得噴出來，露露優雅地拎出紙巾幫她抹去身上的水，跟著用一種扮作賢淑的語調說：

「小心點麻，小如，喝水要一口一口喝才不會嗆著，那才顯得是一個有教養，有儀態的高貴淑女。」

如嫣不禁投降，想起母親大人剛才的竊笑，方瞭解媽媽每次跟露露上街後都精疲力盡的原因。

歐吉桑捧著餐點來，放下一碟高湯通心粉給露露，露露笑著謝謝，然後啜一口可口可樂送一口通心粉，吃了幾口嚥下一半後，停下來打了一個飽嗝，伸手到牙籤筒立刻又縮回來，取起清茶呷了一大口，泡在口裡漱了一會，將茶吐在碟上，歐吉桑到來收餐具看見一碟褐色污水大皺眉頭，露露沒理會他，逕自拿出口紅描繪張開弓成圓形的雙唇，如嫣瞠目結舌看著她的絕活，露露塗完後好整以暇說：

「女生千萬別在吃過東西後用牙籤剔牙，露出牙齦，哪是很粗魯下作的行為，妳有沒有留意那些猥瑣的歐吉桑，吃過飯後左邊唇咬著香煙，右邊唇插著牙籤，挺著鮪魚腩，像一隻長有二支異形獠牙、肚滿腸肥的怪獸，一邊走一邊噴出毒氣，他們不獨影響市容，還污染周遭的環境唷。」

「看見他們那副自得其樂的模樣，像是幼兒咬著奶咀一樣滿足，真是敗給他們。」

如嫣附和。

「妳媽媽跟周先生的進展如何？」露露故作不經意地問。

如嫣很奇怪露露為何突然轉變話題，很小心地回答：

「我不知道。媽常說小孩子不要管大人的事情。」

「我知道他們在一起了。」露露露出像獵犬咬著獵物的表情。

「妳怎知道？」如嫣好生奇怪。

露露拿出手機撥到一幀照片，照片是社區中心一個活動的團體照，楊慧晴和周承倜分別站在後排的最右方和最左方，如嫣不明所意：「怎樣看也看不出他們正在交往耶？」

「妳感覺不到嗎？」

如嫣再仔細看一次。「我已經發揮我最強的小宇宙也看不出，我沒有你的敏銳，還是你想多了？」

露露反一反眼：「妳感覺不到周先生身上發出訊息說世界是屬於你的嗎？妳媽媽在接收說世界是屬於我們的，那麼他們還不是在一起嗎？我給別的女生看這張照片，她們一眼便看出他們二人正在交往，妳就是男人頭，還未開竅。」

如嫣被露露莫名其妙的第六感徹底打敗了，不忿地說：

「他們男未婚，女未嫁，就是走在一起也不影響別人吧。」

「妳知道我是誰？」露露突然凶巴巴的說。

「妳是誰？」如嫣覺得露露的問題越來越古怪。

「我是周承倜的前妻。」露露聲音突然轉大。

如嫣嚇了一跳，但還不及周承倜之前那句話震撼，不動聲色的說：

「我還以為妳是周叔叔的媽媽，嚴厲監管他與異性交往的活動。」

「妳說話怎麼像極妳媽？一樣尖酸刻薄、毒舌！」

「妳們三個都是我的長輩，妳們的事那有我這個小輩置喙的餘地，妳們是成年人當然能夠會以成年人的方法解決。」

「妳也承認是妳媽媽橫刀奪愛搶走阿倜，妳不用護著你的媽媽，她是個無恥的小三！」露露怒道。

如嫣氣她扭曲自己的意思，又氣她態度狂妄。「妳不尊重別人，請妳也尊重妳自已，不要無中生有，不要侮辱我的媽媽。我要上班，欠陪了。」

露露不理保她，如嫣到櫃枱結過賬後自行離去，跟著到超級市場購物買菜後回家睡了個午睡，醒後打手機給媽媽說會做晚飯等她回來。

晚飯時如嫣跟她媽媽談起露露的說話，略去楊搶走周的那些話，楊慧晴聽了一副了然於胸的表情，輕描淡寫說：「還好她沒說你是她的女兒。」

過了一會再問：「妳是不是漏掉了一些說話？」

「妳認識露露比我久，她會說一些什麼話，妳心裡有數。」

「我不跟妳拌嘴。妳今天的蒸水蛋很嫩滑。」

「我是依足妳教的食譜，把打好的蛋漿用笊籬隔去雜質和泡沫，等水煮開後放入蛋漿，大概蒸七、八鐘，蒸的時候還要將窩蓋露出一條縫卸走蒸氣，水蛋才蒸得嫩滑。」如嫣有點賭氣。

「妳倒記得很清楚，那個方法是妳婆婆教我的。」楊慧晴平靜地說。

如嫣氣在心頭，二人閉嘴繼續吃過飯。飯後楊洗碗做家務，如嫣馬上回到房間上網跟白揚進行即時電郵對話。

「白揚，我總覺得事情很不對勁。」

「什麼事不對勁？」

「種種連串的巧合是其中一點。不對勁是查案時當局者迷沒有留意，姓任的女子沒有告訴我她的名字，按摩所的清潔大媽從沒有稱呼過任的名字，只叫她醫師；那個在爆炸現場的歐巴桑也沒有直呼任的名字，也叫她醫師；任對朋友意外身亡的反應太不合情理，這個姓任女子的身分令人懷疑。那個被炸死的女子是否真的是原素嬋？原素嬋的遺屬行動也快了一點吧，可以說原素嬋的身分未能確認，這是一種初級的繆誤，一切資料只是從清潔大媽、姓任的女子、災場的歐巴桑和公安憑家屬所提供的，全都是間接得來的所聽所聞，並不是證據。」

「我正在想事情很巧合呢，剛巧原素嬋住那一區發生爆炸，剛巧她沒上班給炸死，剛巧那個姓任會在休息時間留在按摩所。」白揚回答。

「就是這樣，我要利用餘下的假期再上去東莞調查。」

「小心點，祝妳好運。」

第十三章

如嫣睡到日上三竿才出發，來到東莞市時已經過了中午，隨便在車站前的食店吃過午飯後乘計程車到春風園按摩所。

推門進去，搖鈴依舊晃動作響，一個在接待處的歐巴桑起身說歡迎光臨，如嫣走上前看見她看人時沒有焦點才知她是視障，於是開口詢問：

「我想找一個姓任的按摩師，但不知她的號碼。」

「她幾天前已沒有上班。」歐巴桑說。

「妳怎知道？」

「她們上班時會交給我一個牌子，離開時取走牌子。」

「那個姓任的是否醫師？」

「我不知道，只知道她跟一個姓原的一起來上班，但沒過幾天二人也沒來了。」

「可否讓我與店東見面？」

「請問貴姓？」

「我姓步。」

「請等一下，步姑娘。」

歐巴桑轉身按了電話，說完一大輪後對步說：「老闆娘請妳進去，妳進入大廳轉右，盡頭那一間房是她的辦公室。」

如嫣依言走進大廳，大廳中央和左邊排列了按摩椅，戴著墨鏡的男女按摩師辛勤地工作。在辦公室門上敲了幾下，推門進去，一個戴著墨鏡面容平和的清癯中年女子起來打招呼：「步姑娘，妳好，請坐，我姓羅。」

「羅大姐，妳好，我也不客套了，我這次到來是打聽姓原和姓任這兩位按摩師的下落。」

「請問妳是她們的貴親？」

「我是香港來的私家偵探，是一對老夫婦委托我們要找她失散的孫女，可能就是她們其中一人。」

「是嘛？我聽說她們的住處發生爆炸，死了好幾個人，之後二人沒有到來上班。」

「前幾天早上我在這裡遇見到那個姓任的按摩師和一個清潔大媽。」

「我們是中午過後才營業，早上有人清潔灑掃。」

「她們叫什麼名字？二人又如何到來工作？」

「一個叫原素嬋，另一個姓任的我不知叫什麼名字，她們都是芸姨介紹來的。」

「是否常平市美豐芬蘭浴室的芸姨？」

「是的。」

「她們跟芸姨混得熟嗎？」

「我不知道她們跟芸姨的交情。」

「有沒有二人的資料？原素嬋和姓任的是否醫師？」

「她們不是長工，我沒有留下她們的個人資料，只知她們是同鄉，聽說曾在鄉下當過護士。」

「她們的鄉下在那裡？」

「好像是湖南的長沙市。」

這跟公安提供的資料梅州市梅縣鳳來村不一樣。

「她們的按摩技術如何？」

「原素嬋比較好，她認穴道的本領是超一流。」

「她們在這裡有沒有朋友？」。

「我不清楚，她們在這裡工作沒幾天，獨來獨往，不喜歡跟我們的師傅接觸。」

「可否讓我見一下妳的清潔大媽？」

羅大姐按了電話講了一會，不久那個胖大娘走進來。

如嫣問，「阿姨，妳記得我嗎？」

「記得，妳是那個帥哥的女朋友嘛。」

「前幾天早上我們到來時，妳叫那個女子做醫師，她叫什麼名字？」

「我不知道，她來了只有二個禮拜多，我只知道她的號碼，她曾經介紹一些偏方給我醫好了我的小毛病，之後我一直說笑尊稱她做醫師。」

「那天醫師為什麼會這麼早回來？」

「我也覺得奇怪，那天早上我來到上班時她已經在門口等著我開門，我問她為什麼這樣早到來，她說她剛從鄉下回來很累，不想搭車回家便到按摩所休息，那天下午她和她同鄉沒有回來，這幾天也沒有上班，不知是否去了別的店工作。」

「那麼跟她一起來工作的那個女子叫什麼名字呢？」

「我也不知道，她很陰鬱，整天擺出一副拒人千里的樣子，我沒跟她說上幾句話，只知道她最近從鄉下來謀生找上了醫師，據悉是個農民工，三無人員。」

「什麼是三無人員？」

「三無人員是指那些無身分證、暫住證和務工證的人，他們多數來自農村，大家叫他們做農民工或外來工，只擁有農業戶口身分，由於仍未廢止戶藉制度，他們不能自由遷移，因為沒有非農業戶口，只能從事一些低下工作，他們付出了勞力，卻未能享受社會福利，沒有政治地位，不能表達自已的聲音，社會也沒有人為他們發聲，是被壓迫在最底部的階層，我們這裡有幾個師傅也是農民。很多農民工父母到城裡打工，鄉下只留空巢，小孩沒人照顧，最近貴州一戶農民工的四個孩子，家貧沒有隔宿糧，饑腸轆轆難耐，一起仰藥輕生死去，由最大的十三歲兄長寫下遺言『我們該走了。』」羅大姐插話，像閒話家常。

步如嫣皺著眉頭：「那四個孩子踏上黃泉路上時可能不知道，李克強最近訪問南美，強國一擲千金、幾百億美元為買巴西一笑。」

「強國小民性命不值錢。」羅大姐冷靜以對。

「我還有事要辦先走了，謝謝你，羅大姐。」如嫣塞了二百塊在羅的手裡道謝後離去，招了一輛計程車到前幾天任醫師帶她去過的南橋區爆炸現場，到地方派出所找著民警，表明身分是香港警察，想要找那個街坊糾察員六嬸問話，民警派人帶步如嫣到六嬸家，寒暄過後問：

「前幾天爆炸案中，那些炸死的女子，妳是否認識她們？」

「我不認識她們，只知道有人搬來住。」

「為什麼？妳是這裡的糾察員，理應認識街坊居民。」

「步警官，妳有所不知，東莞市的流動人口特別多，尤其是女性，她們來自祖國的五湖四海，如走馬燈穿梭不住，是外來工，有些更是三無人員。」

「住在這裡的人都是這些民工咯？」

「大多數都是，這裡是接近市區，地段雖好，卻是老區，樓房老舊，租金便宜，是他們初來落腳的理想地方，許多容貌出眾的女子只停留一、二個星期，最長不過三個月便離去，找到好路數嘛，我來不及跟她們混熟，她們已經搬走了，而且我遇見她們的機會也不多，她們的工作時間由傍晚到三更半夜，我的責任是幫忙維持地方秩序安寧，只要她們不搞事，我也樂得清閒。」

「爆炸之後妳們怎樣善後？我看到有人在現場挖掘。」

「爆炸發生後，災場一片瓦爍，往後二天我們清理頹垣廢址時，許多住客回來挖掘自己的家當。」

「那麼任何人都能夠走進現場去？妳們不怕有人混水摸魚嗎？」

「這裡住的都是窮人，能有什麼財物？現金也放在銀行裡。」

「死了多少人？」

「共二男五女傷重死亡，最後確認了一男一女是房東，他們將樓層間隔成許多房間分租給住客，一些房間只有幾平方米，如你們香港的棺材房，其餘一對男女是拿著炸藥找老婆的男人，二人終於同歸於盡。」

「妳們怎樣幫忙公安確認死者的身分？其中一個女子叫原素嬋是我們要找的證人。」

「我們找到一些沒人認領的物品、證件和記事簿，我們按照上頭的電話打過去，他們到來領回證件和物品，最後只賸下三個死者的東西，那個叫原素嬋的女子的親屬收到消息，立即到這裡確認，證實死者是原素嬋，其餘二個的家屬要張羅盤川未能即時到來。」

「謝謝妳。」

步離開後攔了一輛計程車直奔常平市，約半個小時車程抵達美豐芬蘭浴室，在接待處要求見芸姨，芸姨見到她時並不意外，假惺惺地堆起機械式的笑容。

「老顧客啊，真是多謝妳再次光臨。今天只是一位，要不要貴賓房？」

「不是啦，我來是希望妳能確認照片中女子的身分。」如嫣旋即將手機轉到姓任的照片，遞給芸姨看。

「這個是任月兒嘛。」芸姨看了一眼。

「她跟原素嬋是什麼關係？」

「是同鄉吧，原素嬋不是已經被倒塌下樓房砸死了嗎？」

「她們的鄉下在那裡？」

「我不知道，要是沒有別的事情，我要招呼別的客人，欠陪了。」

芸姨說，收起虛假的笑容，越過她去迎接剛進門的客人。

如嫣懊惱地走出浴室，自責為什麼這樣魯莽行事，芸姨不是一個可靠的證人，她與原素嬋、春風園按摩所的老闆娘是朋友，當日如嫣跟白揚來探消息後，芸姨已經聯絡上任月兒或者是原素嬋，告訴她有人來偵查她們。任或原故此特地一早回到按摩所等候二人到來，不著痕跡地帶如嫣她們到爆炸倒塌樓房的現場，騙她們原素嬋因爆炸被倒塌下來的石屎砸死了，事前原素嬋得悉南橋區有爆炸命案，著手策劃自己被爆死的假局，那個糾察員六嬸說由得住客到災場找尋自己的物品，原素嬋只要到災場，留下自己的證件或通訊錄，六嬸就會拿著物件報公安，由公安找她的親屬來認屍。剛才按摩所的老闆娘羅大姐肯定也跟芸姨通消息說步到來偵查原素嬋，芸姨是有備而戰，耍了步如嫣一回，這樣推理下去，任月兒的真正身分可能正是原素嬋，死的那個原素嬋是不知姓名的農民工，或者就是她的同鄉。

原素嬋大費周張躲避步如嫣的追查，原因就是她殺死了黃長德和黃潮順父子二人，原素嬋殺死黃潮順之後擬定這個詭計，可是，她為什麼要殺死二人？

如嫣想起有一個人能夠確認照片的任月兒是否原素嬋，連忙撥電話給司機朱小勇，電話響了幾下後，接著是電話錄音『你所撥的電話號碼現在沒有人使用。』這是小朱在短時間內第二次停用電話號碼了？第一次是黃長德中二氧化碳毒死去之後不久，為什麼？

現在唯一線索是到原素嬋的鄉下調查，如嫣想哪一個地址才是正確呢？於是將手機按到儲存檔案，撥到黃潮順到花墟汽車站那一頁的發車目的地，發覺當中並沒有湖南長沙市，卻有梅州市，決定到梅縣鳳來村調查。用手機上網搜尋到梅縣的乘車路線，是先要到梅州市再轉汽車，去梅州市有火車和汽車可供選擇，車程約六小時，如嫣到火車站上廣州，選擇了一班下午七時二十六分發車去福州但途經梅州的特快火車，她購買了空調軟臥上鋪的車票，車上再用手機上網訂了一間在梅州的四星級飯店房間及安排飯店預備車子接她，打電話給媽媽報平安及去向，到餐卡吃過晚飯，接著回到臥鋪就寢度過餘下的旅程。

如嫣抵達梅州市已經深夜一時多，車站和附近的街道甚少行人，她謹慎快步走到飯店等候的汽車，到達飯店才安心下來。

第十四章

一早起床，如嫣吃過早餐後，到櫃台詢問如何到梅縣的鳳來村及梅縣的醫院。工作人員請她等一會，往辦公室裡查了好一陣子，交出一張當地醫院的清單，還說那裡較為偏僻，建議她包一輛車子來回比較保險，如嫣考量時間及安全情況請工作人員安排車子，給了他可觀的小費，他疊聲多謝，熱情關照懇請步再次光臨。

梅州市是客家人聚居的地方，也是各朝各代中原人氏避難逃到南方或南洋海外的中途站，梅縣是古城鎮，始建於南朝，當時稱程鄉縣，現在居民絕大部分操客家方言的漢族及其他十四個少數民族，多以務農為生，梅縣的名勝古蹟甚多，旅遊業順理成章成為當中一個的產業，最著名的景點是圍龍屋。

步如嫣憑著公安給的簡歷、芸姨和按摩所老闆娘說原素嬋當過護士，曾經在家鄉的醫院工作，叫司機開往梅縣，一路走來景色怡人，藍天白雲，遠山一片深綠，農田像是四方八面伸展，農夫彎腰辛勞作稼，是一幅自然賞心悅目的美景，她卻無心觀看，只想快點到達目的地。

經過了個多小時的車程抵達了梅縣，如嫣整個上午跑遍了清單上的醫院也沒有找到原素嬋的線索，過了中午只餘下最後一間叫『第三人民政府醫院』，胡亂在路邊的小攤子吃了碗麵條，旋即叫司機驅車到醫院，那是一座六十代的建築物，外牆是剝落的痕跡，十分破舊，旁邊有一間學校，如嫣下車走進醫院，大門後面二側是小操場，有一些小童在嬉戲，停下來好奇地看著她，有幾個還跟著她走到詢問處，如嫣向一個正在看書的歐巴桑詢問：

「我是從香港來的，想找一個曾經在這裡工作的護士，名字叫原素嬋？」

歐巴桑看了她一眼，拔高嗓門向裡面問有沒有原素嬋這個人，有人大聲回答說「沒有原素嬋。」

「聽到沒有，沒有原素嬋這個人。」歐巴桑斜眼看著她粗魯地說。

「我不是說現在，我說是以前的護士，我是很遠來到這裡，能不能翻查以往的紀錄？」如嫣很急切。

「我說沒有就沒有，以前的紀錄只有領導能夠看，我才沒有空跟妳耗。」

歐巴桑愛理不理低頭繼續讀她的小說，如嫣再向她發問，歐巴桑抬頭惱怒睥睨了她一眼，向門外一瞥，立即拉上了布簾，將如嫣拒諸於門外。這時一隊怒氣沖沖，披麻帶孝的男女行軍似的操進來，帶頭那個相貌堂堂的男人一邊走，一邊扯掉身上的喪服，口中不斷重複爆粗：「×××，真是豈有此理，欺人太甚。」

有個女人拾起地上的喪服，大隊默不作聲跟著他操上二樓去，氣氛委實詭異。

如嫣無奈走出門外，盤算下一步怎樣做，忽然有一把嬌嫩的聲音叫住她：

「嗨，妳是不是找原素嬋？」

是剛才跟著她其中一個小女孩。

「是啊，你知她在那裡嗎？」如嫣望著那個年約十歲的女孩燃起希望。

「她不在啦。」

如嫣顯得失望，女孩跟著又說：「不過，我知道她的家在那裡，她住在我家隔壁。」

「妳叫什麼名字？可不可以帶我到她家去啊？」如嫣精神為之一振。

「我叫朱茜紅，大家叫我紅紅。她的家離這裡不遠的鳳來村，走大路要半個多小時，走捷徑只要十五分鐘就行了。阿姨……不，姐姐，妳叫什麼名字？」

「我叫步如嫣。拜託，小美女，請你帶我去。」

「好吧，步姐姐。」紅紅驕傲滿意地微笑。

如嫣告訴司機她要跟女孩到鳳來村，吩咐他在村口等她回來。二人走了一小段大路後，向右轉踏上阡陌，穿過一片剛插秧青綠的農田，到了一條小河沿著河邊走，小河約有三米寬，河的對岸是一片凌亂的墳墓，紅紅解釋：「這是捷徑，比走大路快得多。」

「可是這條捷徑要經過滿山的墳墓，妳不怕嗎？」

「不怕唷。這裡都是埋葬了以前的叔叔伯伯，阿姨嬸嬸，都是和我親近的人，這個山後面是大路，車子只能到村口，要走路繞一個大圈才能到村裡。」

「妳在哪裡唸書？唸幾年班？下午不用上學嗎？」

「步姐姐，妳好多問題啊。我在醫院旁邊的漢華第一小學讀四年班，月兒阿姨小時也是念這間小學，因為下午不用上學，我每天吃過午飯後到醫院的空地玩一會才回家，學校的操場又小又多人爭著玩，我不喜歡。」

「妳長大想幹什麼？」如嫣被她搶白轉過話題問。

「作為祖國的花兒，長大後我要建設祖國，我要當貪官。」

如嫣被她的說話嚇了一了跳，捺著性子問：「為什麼要當貪官？」

「當上貪官能攢上許多金錢，有好多禮物，又有很多人給你使喚。剛才妳不是看見有一大群男女披麻帶孝走進醫院嗎？帶頭那一個老男人就是醫院的院長。」

「院長家裡死了人才會穿成這個樣子嘛。」

「不是啦，是醫院醫死了這裡領導的老子，領導勒令院長和那些醫生、護士到靈堂哭喪，要他們跪地對著棺材不斷地說『都是我們不好，醫死了你。』他們平時對著病人多麼神氣，吆喝怒罵，面對領導變了窩囊廢的豬頭，妳說做官是多麼好，有錢有權有勢，踩在別人的頭上，隨便命令別人做這、做哪，多威風、多神氣啊。我堅決要努力讀書，長大當上貪官。」紅紅陶醉地說。

「那是不對的啊。」

「凡是敵人反對的，我們就要擁護！」

如嫣啞口無言，怎麼樣的土壤就會長出怎麼樣的果實，孩子讀書的動力竟然是要做貪官！顛倒黑白是非。她無聊地望向對面山頭，有一片樹林，在一棵榕樹下有一個女子，寂寥的背影十分熟悉，好像是任月兒，連忙問紅紅：「紅紅，你是否認識對面那個阿姨？」

「榕樹下那個阿姨？」

「是啊。」

「她是月兒阿姨。」紅紅說，大聲對著任月兒叫道：「阿姨，阿姨，月兒阿姨。」

任月兒轉過身來對著她們，當她看見步如嫣時，表情突然僵住，接著向紅紅招手。

紅紅跑到前面一條橋到對岸去，邊跑邊說：

「月兒阿姨叫我喔，步姐姐，妳向前走一會見到一座夯土大樓，問看門那個劉伯原大媽住在那裡便能找到她家了，不過，妳要很大聲跟他說話才行，他耳背。」

紅紅一溜煙跑上山跟任月兒會合。

如嫣繼續向前，不一會眼前出現一座深黃色的圓形土樓，一群遊客爭先恐後跟著導遊入內參觀，正想進門時被一個雙眼混濁的老伯擋住。

「妳的參觀門票呢？沒有票要付二十元入場費。」

「你是劉伯嗎？我是來找原大媽的。」如嫣取出二十塊錢放在他手裡。

「妳說什麼？」劉伯看來是年老耳背聽不清楚。

「我說我是來找原大媽的。」如嫣在他的耳邊大聲說話。

「妳說妳找原大媽，她住在左邊第四間房子啊。」

「你是否認識原家的阿嬋？她現在怎樣？」如嫣繼續問。

「什麼？妳說什麼？妳說原家怎麼樣？唉，真可憐，他家不知交了什麼惡運，這些年家裡接二連三死掉了全部男丁，先前死了一個女兒，最近又死了一個男孫子，賸下一門孤寡婦孺，不知她們如何過活。」劉伯自言自語地答。

「那阿嬋怎麼樣？」

「什麼？——她也死了?!」

「她死了？」

「失踪不見了。」

「哦，謝謝你。」

「大姐，這個還給妳。」劉伯把二十元交給她。

「不用了，你留下來買香煙好了。」如嫣對他笑一下後走進圍龍屋。

這座圍龍屋是只有一層圓形的夯土木構建築，外牆又厚又高，足以防止以前盜賊挖牆穿洞，爬牆攻入，土樓建有二圈同心圓的房子，外圍的房子用作貨倉、廚房和安放神位祭祀的祠堂，內圍是居住的房舍，中心是有大半個足球場大的院落晒場，一口古井，幾棵大樹，數名老人休憩閒聊，氛圍安逸。

如嫣向左走數著房舍，快到第四間房子的時候，一個本來坐在門旁、滿面皺紋如梅乾的白髮婦人突然跑到跟前，跪下來拉著她的手，椿蒜地叩頭，口中淒厲地尖叫：「紅兵爺，不要再打我，我是小地主、小資本主義，成份不好，是無產階級的敵人。」

「沒事了，事情已經過去了。」步急忙蹲下來抱著制止她，輕輕拍她背。

「真的嗎？妳們不會剃掉我的頭髮？不會拉我遊街示眾？」老婦露出如少女天真的表情喃喃地說。

「不會的，妳放心吧。」

「謝謝你。我媽媽越活越糊塗，老是回到以前的日子去。」

一把清冷的聲音對步說，如嫣扶老婦站起來，面前是一個約六十出頭的婦人，知性黝黑的臉孔，丹鳳眼。

「不用謝，我是步如嫣，妳好。」

「我夫家姓原，叫我原大媽好了，如果不嫌棄，請進來喝杯茶。」

原大媽強拖老婦進屋，指著一把椅子請如嫣坐，將老婦安頓到裡面的房間去。房舍高約三米多，從房門二側向裡面輻射呈扇形狀，長約十米，後半間隔成二個房子，前半是客廳，備有一應的電器家具，款式十分老舊。

原大嫂走出來端了茶給如嫣，坐下問：「步姑娘是特地來參觀圍龍屋？」

「不，我是原素嬋的朋友，專程來探她的。」

「聽妳的口音不是本地人，又沒有廣州人說話那種特有的腔調，我想不出素嬋有妳這樣的朋友？」

「我是香港旅行社的導遊，有一次阿嬋到香港旅遊，我們一見如故，她說她的鄉下很漂亮，叫我有空來玩。」如嫣覺得自己是說謊菜鳥。

原大媽饒有深意的看著她，跟著移開目光低聲哀怨：「阿嬋死了。」

「是怎樣死的？」

「她的身心被扭碎而死的。」

「啊！是什麼時候的事情？」步覺得自己的演技很爛。

「是上星期的事情，東莞市那邊的公安打電話告訴我的。」

「請節哀順變。」

「這種傷心事我也不願再提了。」

忽然老婦在房間大叫大喊

「不要，不要吊起我的愛人，我求你，求你們放過他。」

原大媽連忙走進去安撫老婦，不一會走出來對步說

「我媽又出事了，恕我不能奉……。」

「婆婆，婆婆，月兒阿姨叫妳……咦，步姐姐，妳還未走啊。」

外面傳來紅紅的聲音，接著她跑進來說，原大媽面色大變，大聲喝道：

「紅紅，不要喧嚷嚇著太婆，妳進屋小心看著太婆，我送步姑娘。」情況倏然地變，如媽來不及反應已經被原大媽拉了出去，到了土樓大門原大媽說「我再送你一程。」

氣氛凝著，如媽沒話找話：「你家奶奶怎麼會……？」

「妳在香港，知訊發達，應該知道當年發生的事情。」

「是，那是一個荒謬的年代。」

「我祖上是中原人士，南宋末年避蒙古人逃難到安徽，定居下來，後來到了明初時又逃到廣州，兒歌也唱著『說鳳陽，道鳳陽，鳳陽本是個好地方，自從出了個朱皇帝，十年倒有九年荒。』到了革命年代我們為了保命，自願上山下鄉從廣州下放到這裡，不知是僥倖還是不幸，那幾年大躍進，引發饑荒，餓死了千萬人。」

「聽說那幾年大陸是風調雨順，是否另一個災星人禍？」

「那就不得而知了，不過，這裡糧食也不多，有一餐沒一餐，就算吃的都是摻雜著樹皮草根的粗糧，晚上偷偷到田間捉一些青蛙、小魚蝦、蝸牛補充蛋白質，勉強苟延殘喘保全性命。」

「後來怎樣？聽劉伯說妳家發生了許多事。」講完話如媽立刻發覺自己踰矩了。

「是的。」原大媽不當一回事，心酸地繼續講下去。

「我們來到這裡，有人發出逮捕令將我爸爸媽媽捉去拷問，他們說他是小地主，小資本主義，是階級敵人，將我爸爸倒吊了一整夜，我媽也被剃成陰陽頭，我見了哭了出來，被他們責罵思想不正確，要我狠狠的踹我爸媽，我下不了手，我爸爸對我說『同志，我是反革命份子，要接受階級批判，妳要大力的踢我吧，讓我反省。』我爸爸用鼓勵的眼光看著我，我的心更痛，假裝用力在他肩膀推了一腳，反彈跌倒在地上暈了。第二天，我醒來時看見爸爸已回家，遍體鱗傷，只賸下半條人命，我媽被嚇呆了，時好時壞。有一晚，村裡傳出有勞改犯逃到這裡，風聲鶴唳，我媽突然痴呆病發作，飆跑了出去，我爸不顧危險追出去找她，那天晚上北風吹得緊，風狂嘯像鬼夜哭，我整晚無眠，乾著急瞎擔心，天剛微亮走出去找他們，就在這棵樹發現他們，媽在樹下驚恐瑟縮蜷曲著身子，滿面淚痕。」

原大媽在一棵老樹停下來，紅著眼向上望，掉下眼淚。

「對不起，失禮了。」原大媽轉過身用衣袖擦淚。

如嫣按著她膊頭安撫：「我們在這裡休息一下。」

二人在樹下找了一塊平滑的石頭坐下，原大媽平服後說：「我爸爸被吊死在這樹上，身上掛著牌子『活該打死勞改犯。』」

二人不語，太陽照在身上很暖，心卻很冷。

「四人幫倒台，改革開放，我們以前舊社會的關係沒用了，財富被清算得一乾二淨，又沒有新的人脈關係，戶藉釘在這裡，只能開個小攤子維生，養大女兒。」

「阿嬋就是在那時出世？」

「是的。她的名字是她爹從『水調歌頭』取的，配合這條村的名字，盼望是有鳳來儀。阿嬋很聰明，讀書也很棒，但是輸在起跑線上，我們幫不忙反而負累了她，她這一生也夠苦了。」

「伯母，妳好多話好囉唆。」任月兒冷冷的聲音傳來，如嫣抬頭看見她俏生生站著。

「是妳啊，月兒。我累了，妳代我送步姑娘到村口去。」

「好的。」任月兒扶起原大媽起身，挽著原大媽的臂彎跟她走了好幾步在她耳邊低語，原大媽離去，任走回頭與步並排往村口走，如嫣發覺任的身高跟她差不多，素顏俏麗，身材姣好，舉手投足散發著成熟女性的魅力。

「月兒姑娘回鄉省親？」

「是啊，春風園那邊工作不多，索性回來歇一會。妳跟原大媽談得倒也投契，她很少這樣多話。」

「我們聊的是她以前的事情。」

「原大媽沒有跟我們聊過她的歷史，想必見妳是不相干的人才情不自禁對妳傾訴，我只知道她以前是女知青到這裡落戶，跟原大叔結婚，他也是下鄉青年，從此戶藉一直困在這裡，不能掉回廣州。」

「那年代許多女知青為了返回城市，發生了許多令人髮指的黑暗事情。」

「唉，她那一輩的女知青為了返回城市謀求好發展，想盡辦法，有些不惜答應掌權者卑劣的要求，以處子之身換取一張離開農村的通行證。她們想掌握自己的命運，卻先被紅領章、紅帽徽奪去貞操受命運的擺佈，這種事情影響她們以後的人生。」

「這光景好像是重複中國的歷史。」

任月兒隨之無語。

二人走到鄉公所，見到有一大群人舉起布條抗議，如嫣好奇發問：「怎麼這裡也讓人示威抗議嗎？」

「憲法上明確寫明人民有示威的權利，官員並不當是一回事，正如強國要你愛國時你才能愛國，他們只能這樣叫嚷幾聲，要是官員聽不順耳，會喚來維權部隊將他們打個稀巴爛，再安上一個尋釁滋事的罪名。」

「他們在抗議什麼？」

「他們是本地的農民，是官員是將他們的土地租給外來的投資者做高爾夫球場，後來農民發現他們的土地上起了豪宅，官員暗地裡將農民的土地收歸國有，只賠償他們很少錢，不及收益的十分一，他們齊起來抗議。所謂鐵打的衙門，流水的官員，這些官員像外來的掠奪者，搶掠本地人的利益後調任到其他地方，另一批官員來到又再搶奪本地人的資產財富，他們正在幹著他們所批鬥以前舊社會地主、資本家的角色，剝削農民，只是他們的手段更無恥，無情，幹的是無本生利的勾當。」

「任姑娘有好多牢騷喔。」

「我是個弱質女子，無權無勢無財富，也無父兄作靠山，在這個恃著特權的強權社會，我無奢求，只想好好照顧家人，可是……我們在掙扎求存。」

如嫣不忍說破，只道：「妳的家鄉很美啊。」

「是啊，一年四時景色，美得醉人。」任露出一絲哀愁又惆悵的神色。輪到如嫣無言以對。

「我們到了大路，往前走便是鎮市區，步姑娘，我送到這裡，慢走。」任月兒冷淡地說完轉身離去。

如嫣一邊走一邊沉思，直到聽到汽車響號聲，抬頭看見司機師傅不斷向她招手，走小跑步上車，吩咐司機回去酒店，在車上步不斷推想紅紅、原大媽和任月兒的關係。回到酒店已經是華燈初上，她沖過澡後想打電話給媽媽報平安，發覺手機沒電不能運作，又忘記帶充電器只得作罷，走到餐廳吃晚飯。飯後在酒店上網發電郵給媽媽，又聯上了白揚網上聊天。如嫣寫下今天的調查，白揚看過後問：「平常我們如何稱謂親人的阿姨？」

「會叫大姨、小姨，或者是連名字叫××阿姨。我明白了，你是說如果任月兒是原素嬋，她就是紅紅的阿姨，當紅紅見到她的時候，紅紅親暱叫她月兒阿姨，當時任月兒看見我的時候，表情是驚訝僵硬；還有紅紅跑回家時叫原大媽做婆婆，不是原婆婆，原大媽露出穿幫的表情，急忙拉我出村，免得紅紅多言露出馬腳；原大媽看見任月兒叫她做月兒，任月兒很自然將手勾進原大媽的臂彎去，對話的語氣也不大客氣，雙方也不以為然，這些親密的叫法和動作只有親屬之間才會自然流露。白揚，我要上網查一些資料，下次再談。」

「妳玩開心點啊。」

二人結束網上交談，步上了「谷歌」網搜尋，輸入『水調歌頭』，屏幕出現許多網址，如嫣隨意進入其中一個，很快閃出『水調歌頭』這厥詞，作者是北宋大詞人蘇軾，整首詞的含意是借明月千里寄相思懷念故人，步發覺第一句是『明月幾是有』，和最後一句是『千里共嬋娟』是首尾呼應，意思是形容澄明姣潔的月亮，原大媽說過原素嬋的名字是從『水調歌頭』取的，可以推論她爹以明月為旨，取素嬋為學名，月兒是小名暱稱，原素嬋就是任月兒，二人是同一個人，原素嬋用計詐死，以另一個身分出現瞞騙步如嫣，原素嬋絕對是殺死黃長德和黃潮順的兇手。想到明天就能偵破原素嬋的詭計，竟然興奮得睡不著。

第十五章

如嫣早上較晚起床，吃過早午餐才出門，請酒店職員約了昨天的司機，到達大×鎮的第六人民政府醫院時大約是昨天那個時間，紅紅說過她每天在放學後會在醫院門前的操場玩一會才回家，她到達時有幾個孩子在玩耍但不見紅紅，心中暗叫不妙，連忙跑到隔鄰的小學，小學的大鐵門關上，鬆了一口氣，找著門鈴摁了幾下，等了一會，一個看來像門房的佝僂老人家走出來，凶巴巴喊：「找啥？」

「我找紅紅，我是她的親戚。」

「今天是國家連休假期的第一天，她們不用上學。」

「謝謝你。」

如嫣請司機等她回來，踏上昨天紅紅帶她進村的捷徑，經過小河、那一片墳墓、榕樹，很快來到土樓前，劉伯還認得她，打過招呼後，逕自走到原大媽的房子去，只見大門鎖上還扣上另一把了鐵鎖。

如嫣急忙走到土樓門口，大聲問劉伯：「原大媽她們去了那裡？」

「昨天她們一家拖著大箱小箱，說連休假期去旅行了。」

「她們到那裡去？」
「不知道。」
「有哪些人？」
「就是那幾個。」
「那是否包括紅紅……？」
「是啊，還有奶奶，大媽和月兒。」
「原大媽有幾個女兒？」
「二個。」
「死去的是哪個？」
「是大女兒麗兒。」
「什麼時候？為什麼會死？」
「聽說是癌症，大約二年前她離家出走，至今仍下落不明。」
「月兒就是阿嬋。」
劉伯大力地點頭。
如嫣洩氣了暗地忖度自己是百密一疏，放虎歸山。只好趕快回酒店取行李，到火車站時剛好搭乘開往廣州的特快班次的火車，在廣州轉車去深圳到達香港時是晚上九點多，過了移民局出入境海關，用公共電話打電話給媽媽。

「媽，我剛到羅湖，現在回家。」

「怎麼現在才打電話給我？妳的同事白揚曾經來電找妳，聽他的語氣好像發生了非常緊急的事情，又埋怨妳的手機接不通。我沒問他是什麼事情，只說如果有消息會告訴妳急速回電。」

「知道啦，謝謝。」

如嫣收線後立即打電話給白揚。「喂，白揚，發生了什麼事情？」

「步督察，又發生了命案，我們在現場，妳在哪裡？快點過來。」

「你說清楚一些，是誰死了？案發現場在那裡？」

「順嫂死在她自己家裡。」

「那個順嫂？黃潮順的老婆？」

「還有哪個！」

「我馬上趕過來。」

步如嫣倒抽了一口涼氣，不是真的吧！黃氏遭到滅門，一家三口在一個多月內全死光了。

第十六章

步如嫣爬樓梯上到順嫂四樓的唐樓住所，大門已經攔上了警方的塑料封鎖帶，進入屋裡，鑑識科人員在搜證和拍照，順嫂身穿一件灰色絨毛大衣，棉質的睡衣，光著雙腳，右身側趴在柚木地板上，右手伸長手指掰開，頭髮散亂，面容扭曲狀甚痛苦，乾巴巴的覆舟口半張開闔，怒氣沖沖咀咒別人的樣子，最令人吃驚的是一對小眼睜得極大形成三白眼向上望，怨毒的眼神，像要殺人，藥丸和胰島素針藥散落在屍體的四方八面，警員用粉筆一一將散落的藥丸和胰島素針打上圈圈做記號，還有一個用來裝藥丸的小塑膠桶，沙發的右邊有一只打碎的玻璃杯，杯底有小許橙色的液體，滿地玻璃碎和凝固的柳橙汁。

李法醫完成了初步驗屍工作，如嫣問他：「死者死去多久？」

「根據死者身上的屍斑判斷，大約死去六至八小時。」

「現在是十點，死者死亡時間約是下午二點至四點。」

「妳可以這樣推論。」

「死者死去的原因是什麼？」

「死因未能確定，死者有糖尿病、高血壓、心臟病。糖尿病患者的高血糖令血液濃稠凝結，又造成小血管滲漏，導致血塊形成，血塊阻擋了血液順暢流動，若然發生在心臟的血管，這種情況在糖尿病人身上十分普遍，最終十分容易引致心臟血管栓塞心臟缺氧而死。」

「這種血管栓塞的病況能否控制？」

「醫治糖尿病有幾種治療方法，飲食療法、口服降血糖藥和注射胰島素，原則是嚴控血液的濃度維持在目標範圍和正常血壓，飲食治療是控制飲食模式，多菜少肉、每餐碳水化合物的吸收即恰當的熱量、戒除高糖份食品和少食多餐，依時吃藥調節血糖，注射胰島素是補足分泌不足，調節血糖的高低。」

「可否這樣說嗎？死者血糖過高卻未能及時吃藥降低血糖，導致血塊栓塞心臟病併發症而死。」

「我只能答妳，死者已經吃了藥，沒能及時吞下仍留在口腔裡。」

「死者口中是什麼藥？」

「是降血壓藥。如果妳問死者有沒有吞下降血糖藥，我要解剖驗屍才能回答。」

「糖尿病人能否喝果汁嗎？我看到地上打碎的玻璃杯好像有柳橙汁？」如嫣繼續追問。

「糖尿病是一種因胰島素功能失效或分泌不足，引致血糖過高的長期慢性疾病，胰島素是一種蛋白質激素（賀爾蒙），將含有碳水化合物或醣質的食物，經腸胃消化轉變為葡萄糖進入細胞。新鮮果汁的果糖是單糖，不需要胰島素轉化即可進入人體，糖尿病人是可以直接喝用純正鮮果汁，譬如鮮榨柳橙汁。」

「死者身體有沒有傷痕？」

「死者的左小腿上和左膝頭上有明顯的血瘀塊，右側身有一大片輕微的血瘀傷。身體其他部位沒有傷痕」

「小腿、膝頭和右側身的傷痕是如何做成的？」

「左小腿的傷痕是受到強力的撞擊，膝頭和右側身的傷痕是跌在地上引致的。如果沒有其他問題，我將屍體帶回去解剖，下次開會時再給妳報告。」

「謝謝你，沒有問題了。」

李法醫離去後如嫣開始了解案情：「白揚，是誰發現屍體？」

「是阿秀，就是上次那個照顧順嫂的歐巴桑，她是順嫂娘家那邊的遠房親戚，阿秀在客房裡等候問話。」

白揚指了一下走廊左邊第二個房間，如嫣走去在房門上敲了二下推開門，阿秀嚇了一跳在床邊站起來，步請她放鬆坐下，自己也跟著坐下，白揚打著電腦記錄。

「阿秀姨，妳是怎樣發現順嫂死去？」

「我吃過晚飯打電話給她發覺她沒有接電話，試過幾次也是一樣，覺得事有蹊蹺特地上來看她，開門後只見她倒在地上不醒人事，手腳冰冷，沒有呼吸，手忙腳亂打電話報警。」

「當時是幾點？」

「我吃完晚飯打電話是七點多，越想越不對勁，連忙搭計程車回來，到達時是八點零五分。」

「妳今天什麼時間離開順嫂，做過什麼？」

「妳在懷疑我？電視劇的警探也認定第一個發現屍體的人是最大嫌疑人，妳在問我的不在場證明嗎？我沒有殺她，我對著老天也是這樣說，我為什麼要幹這種傷天害理的勾當？」阿秀發難了。

「難得妳是個明白人，妳就說一下妳今天的活動。」如嫣只淡淡一笑。

「我今天大約一點半離開這裡搭港鐵去沙田大會堂看廣東大戲，我不是單獨一個人去看，是約了姊妹淘，我們幾個人一起看戲、看完戲去逛商場直至吃過晚飯為止。」阿秀賭氣地一口氣說完。

如嫣向阿秀要了她的八達通卡和她朋友的姓名、聯繫方法後問：「那杯柳橙汁是妳鮮榨給順嫂嗎？」

「是的，我弄了中飯給她吃，她吃了幾口便放下筷子說沒有胃口，想吃些甜的，我弄了一杯鮮柳橙汁給她。今天我去看大戲沒能及時回來給她做晚飯，預先準備好了她的晚餐放在冰箱裡，她只要放在微波爐熱一下就能夠進食。」

「她的胰島素針、降血糖藥和降血壓藥放在哪裡？」

「都放在沙發旁的左邊茶几上，方便她拿來吃。」

「她什麼時間要打胰島素針和吃藥？」

「大約下午二點鐘。我臨出門時提醒她記得準時打針和吃藥。」
「她有沒有打胰島素針？」
「我不知道，我離開時有五服胰島素針，要是仍有五服胰島素針，那麼她沒有打下胰島素針。」
「她的腿最近有沒有碰傷撞瘀？」
「妳知道她有糖尿病，血液循環不好會令雙腿腫脹，不容易站穩，走路時要用拐杖，我每次都提醒她要小心，她也謹慎保護雙腿，她的腿最近沒有受傷。」
「這幾天有沒有接到一些古怪的電話、信件？」
「我沒有，如果順嫂收到了也會告訴我。」
「妳怎樣看順嫂和他兒子的為人？」
阿秀頓了好一會。「順嫂有著一般歐巴桑的缺點，勢利、囉唆、小心眼，貪小便宜，她跟別的歐巴桑又不一樣，就是沒有同情心，翻臉如翻書，蠻幹起來很絕情。阿德這個人嘴巴很甜，人又滑頭，愛騙人，一個不小心很容易上他的當，他這個人是幫閑性格，助紂為虐，最差是有不良嗜好。」
「什麼不良嗜好？」
「嗑藥囉。」
「順叔離去後，有沒有再上過這裡？」

「有哇，二個星期前他又上來。」

「上來做什麼？」

「我不知道。」

「妳說他上過來，為什麼又不知道？」

「那天早上我上街買東西回來，剛想進門時聽到屋內有人爭執，隱約聽到順叔回來取回銀行存摺，順嫂阻攔他，二人糾纏打架，順嫂當然不是順叔的對手，順嫂被打得大哭大嚷說『活該你絕子絕孫，你這個瘟神，是你害我無仔生。』接著我聽到順叔怒罵順嫂，用力摑了她幾下耳光，打得順嫂呱呱大叫，一路嚷一路跑入裡面的房間躲起來，我只聽到『精……野……』又聽到撞門聲，順嫂淒厲地喊救命，聽得我心驚膽顫，順叔瘋起來如狼似虎，拳腳交加毫不留情，我才不會蹚這渾水進去勸架，免得他連我打得臉腫口瘀，急忙跑上街避開他們。」

「跟著怎樣？」

「我在街上待了很久才見順叔下樓，他走得匆忙，臉有得色。我回到屋裡，發覺家具物件東歪西倒，砸爛了不少，裡面房間的房門也被撞破，順嫂的臉被摑得紅腫脹大，披頭散髮，眼角也打到瘀傷，我問順嫂發生了什麼事順叔如此狠毒打她，她只是搖頭痛哭沒說出緣由。」

「妳們為什麼不報警？」

「順嫂硬是不肯，說家醜不外傳。」

「謝謝妳的合作，往後有其他問題會再麻煩妳。」

「那，我可以走咯？」

「請便。」

如嫣疑惑順叔臨走時為何臉露得色？他用暴力強迫順嫂透露了些什麼事情呢？隨後放下心思回到客廳，蹲在地板上研究順嫂側臥在地上的形狀標記，發現圖形附近有一些凌亂不規則橫的、斜的及形狀隨意的印痕，叫鑑識人員把這些印痕也畫下來拍照。

第十七章

白揚早上準時回到警署，泡了一杯咖啡到會議室，見到如嫣正在聚精匯神看一張順嫂陳屍的照片，白揚跟她打招呼，步則抬起眼：「彪叔還未到嗎？」

「我在這裡。」彪叔說人人到。隨後法醫李先生也準時到達。

「我們解剖了順嫂的屍體，發覺死者胃部並沒有降血糖藥，我們在死者的手肘靜脈抽取血液測試，發覺死者的血糖指數達到15 mmol/l，尿液測試未出現酮體，她的情況是到達了高血糖的臨界點，只要及時服用降血糖藥或打胰島素針，血糖就回復正常。」

「那麼順嫂的死因是什麼？」

「順嫂患了後天性的冠狀動脈心臟病、糖尿病和高血壓導致她血管硬化狹窄，易使心肌缺氧受損引致死亡，順嫂的心臟有動脈瘤，但沒有破裂，她的死因是心臟缺氧而死，可能是她跌傷倒在地上心急抓藥吃，心臟受到強烈刺激負荷不了心臟病發而死。」

「她的身體除了跌傷，還有沒有其他傷口？」

李法醫想了一會：「她的肚皮上有幾條細小的傷痕，二條大腿也有針孔，那是在不同位置打胰島素針所做成的，還有工作人員告訴我，她想要在順嫂右手的手肘抽血檢測時很難找到靜脈，結果要在她的左手才抽得到。」

「那麼你能確定順嫂的死因是什麼？」

「死於心臟病，自然死亡。」

「謝謝你，李法醫。」

法醫離去，三人繼續討論案情。

「我們找到那五服胰島素針藥，證實順嫂死前未有打胰島素針，心臟病發而死。但是為什麼現場是一片狼藉？」

「一定是有人闖入，二人爭執，這樣就能解釋為何順嫂身上有柳橙汁，跌碎了玻璃杯。」

「怎麼說？」

「順嫂的左小腿上的傷痕是被人踢傷，二人面對面爭執，來人用柳橙汁潑在順嫂的臉和身，順嫂打翻了玻璃杯踢在沙發的右邊，來人跟著發怒用右腳踢在順嫂的左小腿，順嫂猝然倒在地上，繼而撞瘀了左膝頭蓋，右邊身跌在地上受傷，之後一直趴在地上。」彪叔又開始一連串推理。

「如果來人是陌生人，順嫂斷不會讓他進屋，如果是熟人，可以從順嫂周邊找嫌疑人物，親屬和鄰居之類關係人。」

「也可以是相識但曾經有爭執的人。」

「好吧，我們假設這個不知名的人為X，當順嫂看見X時，順嫂仍然很從容、放心讓她進屋，回到沙發的位置，看來順嫂對這個人沒有戒心。」如嫣做假設。

「也不定，可能順嫂認為自己吃定了X，X不能威脅自己。」彪叔說。

「但是她不怕X帶著武器嗎？」

「我想順嫂沒有考慮到這一點。」

「之後發生了什事情？我的推論是二人發生爭執，X將順嫂踢倒在地上後走了，順嫂因左小腿受了傷，血液循環窒礙令血糖升高感到痛楚，才想起要吃降血糖和降血壓藥，還有要打胰島素針，只得在地上爬行到左邊的茶几取藥吃，一個不小心把藥和胰島素針散落在地上，很努力要拾起藥丸，只是抓得降血壓藥放在口裡未能吞下，卻心臟病發而死。」彪叔繼續案情模擬。

「你的爭執推論是可以解釋散落的藥丸，不能完滿解釋為什麼藥丸會分布在屍體的四周。地上有十分多的不規則橫的、直的和不同形狀的印痕，那是順嫂在地上爬行的證據，絨毛大衣沾了柳橙汁壓在地上留下的痕跡，可是，順嫂只是左小腿受傷，她絕對有能力坐在地板上，慢慢移動到茶几的位置取得藥丸吃吧。可是為什麼順嫂仍然要在地上爬行？就是不小心將藥丸倒散在地上，也很容易隨便抓著一顆來吃解困？」如嫣提問。

「妳的意思是X踢倒順嫂後並沒有離去，看著順嫂病發呻吟嚷要著取藥吃，補她一二腳，令順嫂趴在地上爬行，X還故意把藥丸踢開散佈在她的周圍，當順嫂接近藥丸時又將藥丸踢開，使她抓不到藥丸服食？」

「我沒有那樣說，行兇者佈下了一個詭計。看這張照片，可以看見順嫂死前右手的姿勢是拉直，手指掰開僵硬，口部張開要咬人的樣子，雙眼怒睜，眼神不忿，含恨而終，並不像因為抓不藥吃而憤恨，而是要報仇雪恨的樣子。」

「順嫂跟誰有如此深仇大恨，遭此毒手。」白揚開口。

「誰跟順嫂有如此深仇大恨，下此毒手。」彪叔接話。

「順嫂的死與黃長德、黃順潮二人的死有沒有關連？」

「咦，黃氏父子不是自然死去的嗎？法醫定下這樣的證詞。」

「一次是巧合，接二連三就是太不尋常了。」如嫣很肯定。

「黃氏三人是否對X做了一些害人的壞事情，令X反擊報復。」

「三人共同做一件壞事？」

「也不一定，是三個人各自做了對X的壞事，聯起來是一連串的事件。我們就是要找尋X的殺人動機，X如何將黃氏父子殺死？」

「這個X會是誰？」

「這個人是原素嬋。」

「原素嬋不是在常平市被炸死了嗎？」

「當天在春風園按摩院那個醫師任月兒就是原素嬋，她利用了南橋區的爆炸事件，設下詭計，假裝自己被炸死意圖瞞天過海，再以另一個身分瞞騙我們。」如嫣跟著告訴白揚和彪叔過去二天在東莞和梅縣調查的經過。

「好了，我們要出動調查案件。原素嬋是其中一個嫌疑犯，其他人也有可能犯案，彪叔，你去調查阿秀的不在現場證據，是否有共犯做案，裝成順嫂是心臟病發死去，順嫂與阿秀的關係，昨天進出該大廈的陌生人。白揚，你到移民局出入境事務處調查原素嬋這一個多月前直至昨天的出入香港的記錄，特別是黃氏父子命案發生的當天。」

彪叔和白揚出動後，如嫣申請要求廣東方面幫忙調查常平市那一宗爆炸案的死者、經過及結果。之後拿出在黃長德的電腦儲存的色情影片，將那個神祕女子和原素嬋的照片重疊比對，發現面形，鼻子和嘴巴都是一樣，可以肯定那個神智迷糊不清，被拍下淫照的女子是原素嬋，黃長德會不會是色情狂才拍下這些照片？

如嫣接著開著了順嫂的手機，她看了幾個檔案沒啥發現，再打開一個檔案時，首先出現是一對男女牽手逛街的背影，男子高大健碩，女子短髮高挑苗條，背景十分朦朧，看真點才辨認出是常平市的街頭，鏡頭搖擺不定，焦點模糊，是典型偷拍的狀況，跟著鏡頭一轉來到一間中式館子，慢慢地是一個漸進的鏡頭，從女子的側面移到正面，女子是原素嬋，她白皙的手被一隻滿是皺紋的大手握緊，鏡頭沿著大手上移到男人笑淫淫的臉上，男人是黃潮順，咦，怎麼會是黃潮順？

如嫣想起當天到常平市見到朱小勇，提起原素嬋時小朱的態度立即變得十分曖昧，人也閃縮起來，之後小朱立即停用了剛開始的電話號碼，這是小朱在短時間內二次停用電話號碼。她拿起電話撥號，接通後說：

「周叔叔，我是小如，你好，今天午飯時間有空嗎？」

「什麼事？不是為了露露那天抓狂的事情吧？我代她向你賠不是。」

「不是啦，你又不是她什麼人，用不著道歉，我找你是為了公事，下午有時間吃午餐嗎？」

「我也知小如很大量，不會對這些小事記仇。」

「不過，我告訴了媽媽。」如嫣壞心眼地丟了句。

「妳媽媽怎樣反應？」

「你自己去問她吧。那約定下午一時，××酒店的新綠咖啡廳見面囉。」

「好的，到時見，再見。」

「再見。」

如嫣早十五分鐘來到新綠咖啡廳，過一會周承倜也來了，二人點過餐後步開口：「周叔叔……」

「不要見外，叫我湯美。」

「湯美，事情是這樣的，可能你已經知道順嫂也死了。」

「什麼？她怎會死了？何時死了？」

「這是我們要調查的，黃氏一家三口在短時期死了，這是極不尋常的連環事件，我們發現朱小勇跟黃氏父子有莫大的關連，有必要進一步對小朱偵訊，現在迫切要知道如何找到小朱？」

「上次我給妳那個新的電話號碼也找不到他嗎？」

「他又把那個電話停用了，你有沒有他的居住地址？」

「我想就算有也不管用，他一定搬走了，很明顯他發覺你在調查黃長德的命案時，已經計劃躲著你。不過，你可以到他喜愛留連的地方碰一下運氣，那是常平市的酒吧區，在XXX街，他時常在那裡蒲得很晚。」

如嫣抄下了地址，服務生捧著午餐到來，二人專心吃東西，餐後喝咖啡時不徐不疾地展開新話題。「湯美，你跟媽媽和露露認識了多久？」

「我們是老朋友了。」周有點窘。

「我只是二、三年前才見到你，然後露露也隨跟著來了。」

「對不起。」

「你用不著為一件跟你沒有關係的事情再三道歉，反正當年你們已經離婚。」

「什麼也給你猜中了，我想不到露露不只纏住晴晴，還軋上了妳。」

「晴晴？露露在嫉妒媽媽，對你死心不息。告訴我，你們年輕時浪漫的事情。」

「也不是什麼好說啦，我跟你媽媽在『紅磡理工業學院』念書時是學兄學妹的關係，我先跟你媽交往，後來你媽媽介紹露露——她要好的中學同學給我認識，畢業後我跟你媽有聯繫，你媽媽結識你爸後跟我疏遠了，不久她結婚去了，只賸下我一個人孤零零的。」周承倜說得可憐兮兮。

「你的意思是是我媽辜負了你囉。」

「也不是，人長大了，想法也大不同嘛。」

「如你所說是媽媽拋棄你，你也不用隨手抓住露露結婚。」

「不是這樣的，妳不要瞎編啦。」

「哪你跟露露為什麼會離婚？」

「是露露太愛我，我愛她不夠，當愛變成一種負擔時，就會變得沉重，時刻壓在心頭，時日久了很難支撐嘛。」

「你溜得很順口，彩排了許多次？」

「妳在冤枉我。」周承倜整個臉都紅透透了。

「喔，你就告訴我真相吧。」

「妳跟你媽媽一樣能言善辯。離婚前一段時間我每天也在想這個問題。有些男人是無腳的小鳥，永遠在天空自由自在，不會結婚；大多數男人是風箏，想要在天空翱翔，也想偶然回到地上休息回一回氣，女人就是放風箏的人，要掌握拿捏得宜、收放風箏的技巧，讓風箏覺得自由自在，又能使風箏感到要回家的需要。妳要是不信，回去問你媽媽。」

「我回去問媽媽，看她怎樣說你們三個人羅生門的愛情故事。」

周承倜笑了笑，之後搶著買單，如嫣謝過後二人分手。

第十八章

步如嫣等人進會議室開會，彪叔先報告：

「我查看過阿秀的八達通卡，該卡的記錄是下午一點四十分由牛頭角港鐵站進站，二點十三分從沙田港鐵站出站，阿秀的幾個姊妹淘證實從二點半開始至晚上七點三十分跟阿秀在一起。至於阿秀與順嫂的關係，順嫂的哥哥說阿秀是他家的遠房表親，跟他們的關係並不密切，順嫂生前沒有立下遺囑，順嫂的遺產將會按法律規定由她的兄弟手足均分，阿秀沒有得到任何賞贈。」

彪叔停下來喝一口茶後繼續說：

「順嫂家的那棟樓宇是舊式唐樓，沒有看更，也沒有裝設室內監察電視，沒能知道在下午二時至六時有什麼陌生人進出該座樓宇，每一個單位裝有門鈴對講機和控制地下鐵閘的開關，只要按下任何某一層樓的門鈴，屋主若不確認按鈴人的身分，摁下鐵閘的開關，陌生人隨便可以進入。我到過該樓宇的每家每戶偵訊，得到的結果是沒有人錯誤按下開關讓陌生人進入，其中一戶的女戶主說上街時，有一個身量高挑的女子剛巧進入。」

「那女戶主是否認得該女子？」

「女戶主說那個女子戴上帽子、墨鏡和口罩，不能辨認該女子的容貌。」
「當時是什麼時間？」
「女戶主說大約是一點四十五分。」
「這樣只能肯定有人進入該大廈，未能確認是原素嬋。」如嫣接著問白揚：
「順嫂死去那天原素嬋有沒有來到香港？」
「沒有，當日一整天沒有原素嬋進出香港的紀錄。不過，黃長德和黃潮順死去的那二天，原素嬋分別於下午三點零六分和二時十二分來到香港，原在那二天晚上的十一點三十二分和十時四十八分離開香港返回大陸去。」
如嫣想了一會對白揚下指示：「你再去調查順嫂死去那天有沒有一個叫原麗兒的女子來到香港？還有，我們下午去常平市偵訊司機朱小勇跟黃氏父子、原素嬋的關係，會逗留一晚，你們去準備一下，我們二點在旺角站會合。」
下午他們在開往廣州的火車上研究案情，白揚說：「移民局那邊回覆指順嫂死亡那天，確認有一個叫原麗兒的女子於上午十一時十五分入境，在下午四時零五分出境，這個原麗兒與原素嬋是什麼關係？」
「原麗兒是原素嬋的姊姊，原麗兒二年前因病厭世人間蒸發，極有可能跑到別處自殺，原家要是沒有將原麗兒的死亡呈報上地方政府，原素嬋就能拿著原麗兒的證件冒充過關到來香港。她出入境的時間與順嫂死亡的時間吻合。」

「你們認為這三件命案有什麼關係？」

「我們將黃長德之死列為第一案件，黃長德得到朱小勇的情報，知道原素嬋重回常平市當按摩師，黃長德拿著色情影片威脅原素嬋到香港，黃長德誤飲迷姦水後中二氧化碳死在會所裡。原素嬋在這一案件處於一個被動的姿態，原只想拿走了黃的手機，手機藏有原素嬋被拍下的猥褻照片，黃長德利他用這些色情影片逼迫原素嬋賣淫養他，原素嬋才動了殺機，你們記不記得那個苦命的李桂嫦？」

「黃長德死後，為何黃潮順千辛萬苦也要找到原素嬋？黃潮順死在屋內是第二案件，為什麼黃潮順要裸體等候原？如果黃要女體，旺角街頭多的是？最大的疑團為什麼原會應約孤身赴會？我始終懷疑黃潮順是否死於自然？」

「有一些男人認為只要他曾經在肉體上佔有一個女人，這個女人永遠屬於他的，當然女人不會這樣想，黃潮順正是這一種人，裸體等候原素嬋。」

「如果黃潮順之死引發第三案件——順嫂看似自然死去，原素嬋一定從黃潮順口中知道某些祕密，令原怒不可遏，反客為主直接去見順嫂，這次會面很有攤牌的味道，為什麼順嫂的態度是不將原素嬋放在眼內？原素嬋與順嫂以前一定曾經見面，是什麼事情令原恨透順嫂要殺死她？」

「這又回到了動機的問題。」

「那會是怎麼的動機？」

「『屍體會說話』，是指死者怎樣被殺；『死人會說話』，是查案時從不同證人的證詞了解死者的過去、為人、性格，操守，從這些因數找出死者為什麼會遇上不幸，被殺掉的原因。」

「那麼朱小勇又跟這三件命案有什麼關係？」彪叔問。

「一個多月前黃長德與順嫂到大陸旅行，惡女阿珍將他們遺留在常平市，是朱小勇穿針引線將黃長德和原素嬋拉在一起，我們初次見到朱小勇時他極力隱瞞他跟黃長德與原素嬋是舊相識，黃潮順死後他索性躲著我們，這次到常平市是要攻其無備揪他出來，問出真相。」

「我們這次上來要不要常平市的公安配合？在那裡能找到朱小勇？」

「如非必要不要驚動當地公安，據線報小朱喜愛蒲吧，我們先到×××街碰運氣，那裡是常平市的蘭桂芳。」

三人到達常平市後先到飯店登記，吃過晚飯才到酒吧街，整條街約有十多間酒館，及不上廣州那邊櫛比鱗次，燈火輝煌。時間尚早，一些酒館只有二、三個酒客在露天區的座位淺酌，三人從街頭開始搜索，走過了好幾間酒吧也沒有小朱的踪影，來到一間叫「加州紅」的酒吧，如嫣瞥見小朱坐在吧枱的高凳上對著調酒師說話，跟白揚和彪叔打過眼色，即坐在小朱旁邊的椅上，不動聲色，待小朱回過頭來突然看見如嫣對著他微笑，嚇得從高腳椅子跳下來想溜走，白揚和彪叔已經在左右兩旁挾持住他。白揚靠近他耳邊威嚇：

「我們的真正身分是香港警察到來查案，不要驚動其別客人，要是引起騷動惹了公安到來，你吃不了兜著走。」

小朱不敢輕舉莽動乖乖聽命，如嫣走在前，白揚和彪叔蹺著小朱雙臂在後，走出酒館上了一部計程車回飯店去。押著小朱到了彪叔的房間，白揚將小朱推倒在床上，小朱馬上開始求饒：「各位大爺，你們想知道些什麼？」

「你是否認識黃潮順和黃長德？」如嫣問。

「認識。」

「認識多久？是什麼關係？」彪叔大聲喝道。

「二年多前周先生介紹大黃給我認識，之後大黃又介紹小黃給我識。大黃為人霸道冷漠，他不會跟我談私事，相處客氣，是客人與司機的關係，我跟小黃都是年輕人，興趣接近話題較多比像朋友多些。」

「大黃是否對原素嬋動了真情？」

「我想不是。」

「為什麼？」

「我接送過他們一、二次，大黃的態度像是付了錢的大爺包養女子，要取回付出一分一毫的代價，原素嬋則表現得非常專業，但看得出二人是貌合神離。」

「那麼小黃如何認識原素嬋？」

「有一天，小黃到來時問我有沒有超正的按摩師，我問超正是什麼意思？他說是容貌身材和技術都是一流的，還在手機秀了原素嬋的照片給我看出，說許多人都讚原素嬋是一級棒，當時原素嬋在美豐芬蘭浴室任職，是這樣我介紹原給小黃認識。」

「原素嬋知不知道大黃和小黃是父子？」

「大黃和小黃除了身高差不多，長相大不同，如果沒有人告訴原素嬋，我想她不能聯想二人是父子。」

「後來小黃有什麼行動？」

「我想小黃對原素嬋著了迷，展開熱烈的追求，但是原素嬋對他不為所動，若即若離，不知原素嬋是否用以退為進的手段，欲拒還迎，欲擒先縱的策略。」

「他們是否交往？」

「我不知道，小黃曾租用我的車帶著原素嬋到處觀光，遠至虎門炮台，也買了許多東西給原素嬋，而且經常外出用膳。」

「他們有沒有上過飯店？」彪叔問。

「我不大清楚，只是有一晚大約十點多小黃突然急電召喚我說要用車，我去到時他扶著昏過去的原素嬋上車到飯店去。」

小朱停下來像製造高潮的說書人，如嫣沒有追問，彪叔催他：「之後怎麼樣？」

「小黃叫我一起扶原素嬋上房間，問我操不操，我不置可否，半推半就跟他入房，進入房裡，小黃脫掉原的衣服，自己也脫得精光，沒有戴安全套跟原素嬋做愛，叫我用他的手機將原被迷姦的過程拍下來。」

「原素嬋背後的胛甲骨是否有一顆痣？」如嫣開口了。

「有，是朱紅色的，小黃曾經將原素嬋反轉把背部拍下來。」

「再之後呢？」

「小黃完事後，用手示意，我見美色當前，也跟原素嬋幹了，不過我有戴安全套，我怕有傳染病嘛，小黃又用手機全程拍下來，後來我走了，不知道以後他們二人發生什麼事情。」

「你有沒有再跟小黃聯繫？」

「隔天下午我打電話給他，他說正在搭車回香港，我問他為什麼不多玩一會，他說玩夠了，事情也搞定了，回去交差。」

「交什麼差？」

「我問過，他沒有說，只是陰陰笑。」

「小黃與原是否繼續交往？」

「說也奇怪，二人各自消聲匿跡，人間蒸發，過了幾個月之後，小黃再出現，我問他原素嬋的事情，他說二人已經玩完分手了，他不知道原跑到那裡去，事情過了二年直至一個多月前我發覺原素嬋又回到常平市，打電話告訴小黃，剛巧小黃在常平市，他直接去找原素嬋，事情就是這樣了。」

「你為什麼躲著我們？」

「我不知道當晚小黃去找原素嬋發生了什麼事情，過了二個星期大黃打電話給我說要到來常平市，他見到我劈頭就問知不知道原素嬋在那裡，我說不知道，我追問他為什麼要找原素嬋？他只撂下一句說話『小黃死了。』就走去找芸姨，我心想小黃的死是跟原素嬋有關嗎？大黃是否去找原素嬋替小黃報仇？我嚇得慌了，即時把電話停用了以免原素嬋找上了我。之後你跟白先生到來，途中你二人問起原素嬋的事情，我覺得事件非同小可，立意搬家，停用了電話，躲開你們，後來我又從周先生那裡探得大黃也死了，我想這次可慘了，原素嬋為了二年前那次迷姦的事情連續殺死了小黃和大黃，她一定認識了有力人士幫她報仇，那次我也幹過她，又拍下跟她做愛的影片，那才要我的命，我怕得要死，怕她會連我也一起殺了。」

「你說過原素嬋未必知道大黃和小黃是兩父子。」如嫣冷冷地說。

「她可以問芸姨，芸姨跟大黃和小黃很熟絡，又跟原素嬋是姊妹淘。請問你們還有沒有問題？我可以走了沒有？」

「你怎樣看黃長德？」

「他！我背後叫他黃鼠狼。」

「你要走可以，不過先把你的身分證，工作證等證件給我們拍下，還有你現在的電話號碼，讓我們隨時隨地找到你，你不要耍花樣，要我們驚動了這裡的公安，到時你就知道利害。」彪叔威嚇他。

小朱乖乖交出證件給白揚拍下後，之後不斷地哈腰離去。

「他說黃長德是黃鼠狼，真是五十步笑百步」彪叔嘆。

「二年前是黃潮順先認識原素嬋，以原的條件不會接受黃的追求，基於某種原因原素嬋接受黃潮順的包養，二人的關係是金錢繆葛和短暫的，在這期間黃長德出現，瘋狂追求原素嬋，他迷姦了原之後，原素嬋與黃潮順和黃長德的關係立即瓦解，原素嬋和黃潮順的分開理由很明顯，那麼黃長德呢？」

「答案是黃長德完成了那一件受委託的特別任務。」

「接著黃氏一家三口都是疑似自然死去，步督察，妳能破解這三個謎團嗎？」白揚問。

突然如嫣的手機響起，她看了一會。「是盧警司派人Whatsapp我，說是東莞市派出所對調查原素嬋被炸死案已有結果，叫我們明天順便到東莞那邊了解。好了，明早我和白揚到東莞派出所，彪叔請先行回香港，散會。」

第十九章

如嫣與白揚來到建築新穎的東莞派出所總部，走進裡面裝潢有點堂皇得過份，在接待處一個年輕貌美，制服熨貼的女警以詢問的目光看著他們，如嫣道明來意說是找鍾先生，女警帶二人到一間明亮的會客室去，等了一會，一個身穿合身的警服、英挺、五官端正的男子拿著文件夾神氣走進來，三人寒暄後，不知是否不要給香港警察比下去，男子露出他的煙垢牙自我介紹時十分驕傲。

「我們應香港警方要求，調查了今年×月×日在南橋區那起爆炸案，事緣是一名外鄉男子帶備了炸藥尋訪前妻，要求復合不遂，引爆身上炸藥將整幢樓炸至倒塌，波及隔鄰樓宇，死者除了此二人外，炸死的還有一樓的房東老夫婦，二樓和三樓有三個從外地來打工的女子，其中一個是你們要找的女子。」

「那個女子叫什麼名字？」

「叫原素嬋。」

「有什麼可以證明？」

「我們當然有足夠的證據。」鍾先生的語氣十分不滿。

「有沒有比對她的指紋？」

「她雙手燒糊了。」鍾先生動怒，如嫣只好噤聲。他繼續說：「我們在災場的房間裡找到原素嬋的身分證及一本通迅簿，根據上面的電話號碼打電話找到她的親人。」

「是什麼親人？她們的鄉下在那裡？」

「是她的媽媽，她們的鄉下是廣東省梅州市梅縣的鳳來村，根據南橋區街坊糾察隊隊員王六嬸的報告原素嬋是獨居的。我們告訴她媽媽她女兒的噩耗，叫她前來認屍，就在當天的晚上她從鄉下到來，還帶了原素嬋的以前工作單位，出世紙等證明文件，第二天早上我們的同事帶她到殮房認屍，她一見遺體就哭得死去活來，說不出話來，好一會才說死者是原素嬋，遺體的面部被砸爛不好辨認，不過，她明確說出死者的左胸乳房下有一顆黑痣，我的同事查看一下驗屍報告，上面清楚寫明遺體左胸乳房下有一顆黑痣，足以證明死者是原素嬋。」

「有沒有拍下原素嬋媽媽的照片。」

「我們不會將證人當做疑犯。據同事說她是一個年過六十的婦人，身量中等，瘦身材，細長眼，黑皮膚，看樣子是以前長期在烈日下勞動曝曬，曬傷了皮膚的樣子。」鍾先生依舊很不高興。

如嫣知道這個是原大媽，繼續追問：「之後怎樣？」

「死者不是被謀殺或毒殺，不需要解剖驗屍，死因沒有可疑，當天下午她媽媽辦好了死亡證及必要的手續後將遺體領走。」

「那遺體怎麼辦？你們沒有比對親屬的ＤＮＡ就任由她領走遺體？」如嫣連珠炮似的質問。

「死者是意外身亡，沒有可疑。遺族怎樣處理遺體是她家的事情，我們警方無權過問，案件已經正式結束，如果沒有其他問題，請自便。」鍾先生不客氣地作結，拿起文件夾站起來走出房間。

「我想知道遺體怎麼樣了？」如嫣著急地問。

鍾先生回頭瞪了她一眼。「她媽媽在領走遺體的第三天將它火化了，這是國家規定，不能土葬。」說完大力嘭的一聲關上門。

兩人走出派出所，如嫣漫無目地往前走，不斷在想原素嬋在法律上已經死亡，直至白揚輕聲問她：「步督察，我們下一步怎麼辦？」

「原素嬋已死，就算我們懷疑有人移花接木，李代桃僵用其他死者的屍體瞞騙過去，我們不能以薄弱的證據，推翻強國官僚機器的決定，他們就是真理不容挑戰，我們什麼也不能做。」

「還有真相，我們要抓出案件的真相，這是當警察的宿命。」

「對，就算不能在法律層面上做些什麼，我們也要找出事情的真相。我們現在去找芸姨，了解原素嬋的過去。」

白揚露出燦爛的笑容攔下一台路過的計程車。

二人到了美豐芬蘭浴室，見到芸姨後要了一間貴賓房，如嫣留下她說：「我們今天不是來按摩，是特地來找你。」

「找我？二位貴客，言重了，如果是關於原素嬋，我怕我幫不上忙。」

「我們剛從派出所過來，證實原素嬋在上個月被炸死了，遺體已經火化。」

「人死如燈滅，還有什麼好說呢？」

「你我心中明白，原氏一家老幼要活下去。我再說一遍，在法律上原素嬋已經死了，世上再沒有原素嬋這個人。」

芸姨深深嘆了一口氣。「你想知道什麼？」

「妳和原素嬋是什麼關係？」

「原素嬋是朋友介紹來工作的按摩師。」

「原素嬋什麼時候來到這裡工作？為什麼到這裡工作？」

「她是二年前到來工作，聽說她姊姊得了癌症，要多賺點錢醫病。」

「她達到目的沒有？」

「以她超凡的技術，養活自己不難，要維持全家的開銷和支付高昂的醫藥費是捉襟見肘，左支右絀。」

「就在這個時候黃潮順到來？」

「不，是我將黃潮順介紹給她認識，當時她姊姊病情轉急要一大筆錢做手術，黃潮順是這裡的熟客，作風爽快喜歡明賣明買，不會拖泥帶水留下尾巴。他們同居一個星期後，原素嬋拿著錢回到鄉下，發覺她的姊姊留下遺言說不想拖累家人，離家出走不知所踪，想是到了別的地方自尋短見，只遺下一個女兒交給原撫養。之後原與黃維持關係一段日子後分手，互不拖欠。」

「黃長德什麼時候出現？」

「大約是原素嬋與黃潮順同居其間。」

「原素嬋知不知道二人是父子？」

「我想不知道，就是我也是小朱後來告訴我才知道，我心想世事又會這樣巧，父子二人也喜歡同一個女子。」

「事情是怎樣發展？」

「黃長德熱烈追求原素嬋，原沒有心動，只是有空才應酬一下。但是有一天清早，原臉色蒼白神情萎靡來到我家，不發一言只是不斷飲泣，在我不斷追問她，她才透露給黃長德下藥迷姦了。」

「有沒有報警？」

「報警有啥用？那幫人認定在這些地方工作的女子必定會幹色情勾當，是我們引誘別人犯罪，我們的尊嚴不值錢也不值得維護，唉，淪落在此地已經是薄命人、可憐蟲，難道還要犯賤給那些人再侮辱多一遍嗎？後來原素嬋辭職不幹，黃長德也曾來過幾次，絕口不提原素嬋，直至今年一個多月前原素嬋再回到這裡工作，跟著傳出黃氏父子死了，結果如何？依妳所說原素嬋也死了。」

「那麼原素嬋是什麼時候知道黃氏二人是父子？」

芸姨想了一下。「是當天早上原素嬋到我家的時候，我安慰她時提及的。」

「當時她的表情是怎樣？」

「她的表情有點愕然，不過很快又沉沒在自己不幸的哀痛中。」

「謝謝你，沒有其他問題了，這是我的電話，想到什麼事情請務必打電話告訴我。」如嫣在一張美豐芬蘭浴室的名片背後寫下自己的電話號碼及電郵地址交給芸姨，芸姨謹慎地收在衣袋裡。

「輪到我問你們，妳們是什麼身分？」

「我們是香港警察。」白揚爽快回答。

在開往香港特快列車上二人討論這項新的線索，白揚說：「事件的次序是黃潮順與原素嬋同居，黃長德當中插入，黃長德得償淫慾後拍下原的不雅照片，是否父子二人用計甩掉原？那是否黃長德的特別任務？」

「我想不會，周先生說黃潮順是個狠心的人，撇掉女子的手法像浪子；貴嬸形容他是豬玀；芸姨也說他喜歡明買明賣，黃順潮這種性格對任何人都不會賣賬，原素嬋絕不能威脅他索取金錢，我想原素嬋也不屑這樣做。」

「那麼黃長德在整件事的角色又如何？根據芸姨和小朱的描述，黃長德並不是真心喜歡原素嬋，難道他只是為了原素嬋的美色？」

「李桂嫦形容他是沒良心的畜生，誘她出賣肉體供養他；阿秀說他是幫閒；小朱背後叫他黃鼠狼，可見他人品十分差勁，什麼下流勾當也做出得出。」

「妳怎樣形容順嫂？」

「阿秀說她為人絕情蠻幹，反臉如翻書，我認為她很有心計，是那種小女子的陰毒，而且心態異於常人。黃長德死後，我們曾經偵訊過他的運毒拍檔，你還記得他嗎？」

「是那個叫陸家欣的猥瑣男子。」白揚想了一下。

「他說二年前黃長德神神祕祕說完成了一項艱鉅的任務，得到可觀的報酬請他們一班豬朋狗友到泰國旅行，剛巧是跟黃潮順與原素嬋同居的時間吻合，黃長德受人所託，進行了一連串的陰謀。」

「要是那個委托人不是黃潮順，會是誰？」

「順嫂！」

「吓！那一連串的陰謀會是？」

「是一個變態的報復計劃，順嫂唆使黃長德追求原素嬋，迷姦了她，拍下那些淫褻影片宣洩她對黃潮順的仇恨，在原素嬋身上報仇。」

「……順嫂和黃長德真的太畸形了。」

第二十章

如嫣晚上回到家裡見媽媽留了便條去跟周先生約會，只好煮了個快熟麵，在冰箱搜索了幾片火腿、幾條青菜，加一磚豆腐乳做配菜，胡亂吃過，飯後沏一杯舊普洱上網聯上了白揚。

「我想不通為什麼順嫂會由一個正常的女人，蛻變成一個心理異常的怪物。」

「妳記不記得第一次帶我去見艾美阿姨時的情形。」白揚用電郵回。

「記得，那是黃長德死後，我們去調查他的背景，媽媽說了一些黃潮順和順嫂年輕時的事情，這跟三人之死有關係嗎？」

「當艾美阿姨說到黃潮順經常對順嫂拳打腳踢，順嫂生不出兒子時，艾美阿姨的表情很複雜欲言又止，最終艾美阿姨還是忍住沒有說出來，我想那是順嫂終極的祕密，可能是這三件命案的其中一塊拚圖。」

「那會是什麼的事情？好了，等媽媽回來我問她。」

如嫣看著電視機屏幕視而不見，不動的似尊石像，突然傳來媽媽嬌柔埋怨的聲音：「小如，妳掛上了防盜鍊，讓我進不了來，妳沒聽見我開門的聲音嗎？為什麼妳面無表情在發獄？」

如嫣連忙取下防盜鍊，進來是一個明豔奪目的美女，白色高跟鞋、粉藍色舞衣，開蓬的下襬、窄腰、低胸、閃亮的鑽石頸鍊、多層薄紗的短袖、雙頰透著豔紅，左耳朵晃著一只耀眼淺藍色的耳吊子，灰藍色霧般的迷煙眼。如嫣瞠目結舌地盯著她，媽媽不好意思的說：

「阿倜說要帶我回到青春年代，我們去了跳古典懷舊舞。」

「妳這襲舞衣也太浮誇唷，不是他送的吧？」

「妳真是聰明伶俐。」

「只有懂情趣的男生才能討女生的歡心。」

「不要說那麼多，快點幫我解除這一身的束縛，綑得我透不過氣。」楊慧晴說著將高跟鞋飛踢到一旁的牆腳。

「媽，妳很粗魯耶。」

「妳快要變成我的媽媽了，管這管那，婆婆也沒有妳那麼囉唆。」

如嫣一邊幫媽媽卸下舞衣一邊問：「上次我跟白揚去到社福中心問妳黃長德的背景，白揚察覺到當妳說到順嫂時，欲言又止有所保留，那是為了什麼？」

「原來剛才妳呆頭呆腦就是想著那案子，白揚真的比妳這個女生還要敏感，不過現在的男人就變得陰陰柔柔，肚腸彎彎曲曲。有一天晚上，順嫂硬要拉我去喝酒，她喝醉了說出了醉話，她說她也好想生許多孩子，可是身體出了問題，順叔年輕時沉溺尋花問柳，染上了風流病，他發覺得早及時求醫痊癒沒事，事實是否如是順嫂也沒有說清楚，我也不意思好追問，可是順叔將惡疾傳給了順嫂，她不知內裡延誤診治，病是醫好，機器卻壞掉了，永遠再生不出孩子，從此二人的關係變得惡劣。我上次告訴你們黃潮順是老式的潮州人，對有兒子繼後香燈的信念，有著對宗教信仰的執著和虔誠，這件事本來是黃潮順始作俑者，卻怪在順嫂的頭上。」

「對，這是一塊拚圖。可是，順嫂跟疑犯有沒有什麼牽扯呢？」

「妳明天到妳所謂的醜聞是非集散地——社福中心打聽吧，向那班愛嚼舌根的歐巴桑旁敲側擊探一下消息吧，她們整天總是東家長西家，瞎說亂編一番無聊的話題打發日子。」

如嫣幫她除下頸鍊、耳環時微嗔撒嬌：「媽，周先生叫妳晴晴。」

「怎麼?妳在嫉妒？」

「妳就是明知故問，愛氣人。」

「妳想知道什麼？」楊慧晴捉狹地望著鏡中的女兒。

「妳、周先生跟露露的關係？」

「我還以為是什麼？」

「那就說囉，我想聽妳的羅生門版本。」

「我和露露是中學同學，我跟阿倜是『紅磡理工學院』同校但不同系的學生，當年是阿倜先追求我，後來我介紹露露給他認識，他瞞著我一邊追求露露一邊跟我交往，一腳踏二船，後來我知道了約他和露露到長州東灣沙灘攤牌，我們迫他選擇，他跪在地上抱頭痛哭，拉著我們的手說二個都愛，我們甩開他的手說『我們去跳海，看你先救誰。』他二話不說搶先跑到海中心，跟著叫救命，天呀，他不懂游泳卻跳進海裡，害得我急忙游出去救他，救起他時他還涎著臉猴著我，要我做人工呼吸給他續命，露露立即把他拉過去用嘴巴封著他的，我懶得理會他們搭船回香港，只留下他們二個痴男怨女在那裡哀怨纏綿，之後我跟他疏遠了。」

「真合乎周先生死纏爛打的風格，為什麼妳不把他搶回來？」

「有些男人只適合做男朋友，不適合做丈夫。小如，愛情是短暫，親情是長存。」

如嫣說了周的風箏論，楊慧晴失笑：「妳聽他胡扯，他得不到才覺遺憾，他根本不愛做風箏，我也不願做收放風箏的討厭鬼。」

楊慧晴說完用卸妝水仔細抹掉臉上的脂粉，雙手輕拍粉紅的面龐，手背揉著下巴，發覺女兒仍在噘著嘴露出懊惱的表情，會意的說：「我知道妳心裡在想什麼。」

如嫣斜睨著她，楊拿起衣物，盥洗用品旋了幾下貓步走進浴室忍著笑。

「事情很簡單，妳去偷阿倜一根頭髮和妳的去比對ＤＮＡ不就知道了嗎？」

「媽！妳真的很花痴。」

如嫣氣得拿起粉藍色舞衣擲向她。

第二十一章

如嫣下午放工來到社福中心，正好是一班貧嘴的歐巴桑交換情報的高峰時間，如嫣跟她們打招呼：「各位美女，今天好嗎？」

「都已經是老太婆，還說什麼美女。」圓臉的陳太回。

「妳們聊些什麼？那間日式家庭用物品超級市場這幾天進行二折出血大酬賓，妳們去了掃貨沒有喔？」

「有哇，我在它未開門去到已經有一條人龍，進得去要買心儀的枕頭已經被搶購一空了，原來是限量發售，哪有人做生意做得這樣小家。」瘦削的張太說。

「如果順嫂還在，一定會抓著店員據理力爭，發揚香港的投訴文化。」如嫣巧妙地將話題轉向她想要的方向。

「順嫂真是命苦咯，嫁了順叔這個衰男人有了小三不要她，變了棄婦傷心而死。」陳太立刻願者上鉤。

「順叔有小三？真的看不出啊。」如嫣故作不知地套話。

「有哇！！」陳太興奮起來。

「有這樣的事情，我們怎麼不知道，快點說來聽。」歐巴桑們個個七嘴八舌。

「什麼時候發生的？」如嫣先確定時間。

「半年前囉。」

「是謠言吧？」更進一步刺激陳太。

「是我親眼看見，親耳聽到，怎會是謠言？」

「不要賣關子了，說事實給我們聽，要不然妳就是造謠成性。」歐巴桑們鬧鬨鬨地鼓譟。

「我記得那天黃昏經過屋村外圍那個偏僻的花園，遠遠見到一個女子抱著一個嬰兒跟順嫂和阿德理論，三人爭執得很厲害，跟著女子跪在地上不斷叩頭，我聽見他們三人零碎的對話『黃家血脈……不要臉的狐狸精……』『勾完人家老……又勾……』，『妳就是要錢……』，『野種……』，『……救他。』我看見順嫂瞧我這邊看，立即裝作路過低著頭連忙走開。」

「妳有沒有看清那女子的容貌？」如嫣聽得聚精會神。

「我離開他們比較遠，天色又暗，她背著我跪在地上，矮了一截，我看不清她的臉龐。」

「妳有近視，妳那裡看得清楚那是順嫂和阿德嗎？」

「就算看不清，也聽得出她們兩母子的聲音。」陳太大聲分辯。

「流料，這樣的消息也說是事實，人也看不清，說話也聽不到，只有妳摟著當寶，一定是妳做假扮權威。」

這才是最後一塊拚圖，步如嫣要到鳳來村證實一件事情，但是在此之前她還要確認一些事情。

幾個歐巴桑七嘴八舌不斷圍攻陳太，如嫣偷偷溜了出來打電話給上司說明天告假，跟著回到社福中心跟她告訴媽媽要到梅縣去，楊慧晴囑咐她要小心，記得帶手機充電器。

如嫣找到了阿秀。「阿秀姨，順嫂打胰島素針打在哪裡？」

「打在兩隻大腿上。」

「是妳跟她打針，還是她自己打？」

「她自以為是女皇，要人服侍。」

「會不會打在肚皮上？」

「怎麼會？女皇怎麼會讓人撫摸她的肚皮。」

如嫣接著來到李法醫的辦公室要求看順嫂的遺體，工作人員領她到殮房，冰冷的屍體，雪白的面容，雙眼被撫閤，看不到怨毒誓要報仇的表情。如嫣拿著屍體的右手檢查手肘內側的靜脈，找到了一個細小的針孔，再拿起左手查看，找到了二個針孔，還有在肚皮刮傷的地方也找到了針孔，對，這個就是我要找的證據。

「李法醫，你能否在順嫂屍體別的地方抽取血液再測試血糖指數？」

「為什麼？」

「那是兇手殺死順嫂的證據。」

步如嫣說完就走，李法醫叫道：「妳去哪裡？」

「到大陸抓兇手！」

如嫣晚上到達梅洲市，來到上次的飯店住宿，隔天一大清早走到鳳來村的捷徑。

天剛發亮，霧靄裊裊，飄散在二山之間的青田，春寒料峭來了一陣冷風，霧氣收攏，忽地前面的景物變得朦朧，步拉緊了夾克，沿著小河信步而行，來到上次看見原素嬋站著那一棵榕樹，山上的霧更濃，罩得後面的樹林和墳墓若隱若現，步加快腳步跑過石橋，急忙爬上陡坡來到榕樹下，撥開露滴如淚的青草，赫然發覺是一個小小的墳墓，步細看墓碑，碑上沒有名字，上面只刻著『我兒之墓，生於××年×月×日，卒於××年×月×日。』，如嫣計算出死去的小男嬰只有八個月的壽命，約半年前死去，原素嬋就是帶著這個嬰兒到香港向順嫂和黃長德求助，不得要領，順嫂二母子造的業卻見死不救，當時她就是失神地看著這個墳墓，這是原素嬋的孩兒，黃長德的兒子，也是黃潮順朝思暮想要延續的黃家血脈。

如嫣看著冷冷孤墳不勝唏噓，遙看霧擁圍龍屋，決定到那邊碰運氣，過了石橋，衣袋的電話響起，瞥了一眼沒有顯示電話號碼，不是媽媽有急事吧，連忙接聽。

「步警官，早上好。」

「妳是……妳是原素嬋?!」

「我是誰已經不重要了。」

「妳在哪裡？」

如嫣左右環顧，煙霧繚繞，幾縷陽光滲透在霧裡，幻化成一片虛無飄渺的景象，看見山上在霧中那一片樹林影影綽綽有一個苗條的身影。

「不要追上來，這片山頭秘道處處，妳絕沒法抓到我。」

「妳怎知道我會來？」

「我想妳已經偵查到大部分的事情，仍未知道真相，妳會鍥而不捨追尋下去。」

「那個死去的嬰兒是妳和黃長德的兒子？是二年前他迷姦妳的結果。」

「是我的兒子，不過他死了。」她柔腸寸斷。

「一個多月前妳再回到常平市謀生，不幸被黃長德發現，他利用以前的淫褻照片威脅妳到香港談判，妳帶了迷姦水倒在他的酒裡，將他迷暈。」

「我趁他到外面叫喚服務生要啤酒時，把迷姦水放在自己的酒裡，等他回來時，我撒嬌要跟他乾杯，卻死命盯著他看著他喝下去的樣子，他露出一個淫笑：『妳在我的酒裡放了迷姦水。』跟著拿起他那杯酒，捉著我的嘴強灌我飲下去，我假裝拚命反抗不遂喝下酒，之後他取過我的酒喝個清光，我扮作要逃跑走到門口，他上前攔著我，他按下門鎖把門鎖上，將空調機關上說『我要熱呼呼地跟妳做愛！』我又扮作藥力發作無力地走到沙發休息，他追上來，不久暈倒在沙發上，我順利安置他睡在沙發，抹掉我碰過的地方和酒杯、碟等器皿，取走他的手機走了。他就是用迷姦水將我迷倒把我淫辱，我要以其人之道，還治其人之身！」

「不，妳不要再說謊話了，是妳謀殺了他，我找到了證據證明是妳殺死了他。妳在私人會所跟黃長德見面，他不單止逼迫妳做他的情婦，還要妳賣淫供養他，妳怒不可遏動了殺機，用了剛才說的方法騙他飲下迷姦水，迷姦水非常霸道，一飲立即昏倒，藥效長達二十四小時，黃長德根本不可能自己走到沙發那邊。妳開始佈置黃長德意外中二氧化碳的毒而死的假局，首先抹乾淨器具上妳的指紋，將爐火調低，把黃長德的食指摁在球型把手的按鈕上面將門鎖鎖上，他的食指指紋留在門鎖按鈕上，跟著妳拖了黃長德到沙發躺下，關了空調機、抽氣扇和電燈，將藍色的夾克反轉過來穿變了黃色的夾克，戴上口罩，房門是妳之前鎖上，只要關門走人，密室意外就佈置完成。」

「妳說的故事真有趣，但是有很多破綻！」

「服務生證實最後見到窩裡只有一半水，她還證實黃長德換了新的石化氣，將火力調校到最大，但是那一支新的石化氣的物證用光了，石化氣爐的火力調校到最小，窩裡還有一半水，有人在窩裡加滿了液體，是妳倒進了啤酒和可樂注滿了火窩，打開窩蓋，將火力調到最小讓石化爐繼續燃燒，又不會將水燒開，令液體滿溢漏了出來淋熄爐火，這樣慢慢燒掉房間的氧氣，釋出二氧化碳，毒死了黃長德，所以啤酒和可樂罐都是空的。」

「妳還是不能證明有人故意開著石化氣爐。」

「不，那石化氣爐的扭按上留下了黃長德指紋，證實了有人故意讓石化氣爐一路開著。」

「真是自相矛盾。」

「石化氣爐的調校火力的扭按留下了黃長德的指紋，火力由大火調至小火。當要點著石化氣爐，要反手用拇指和食指握著扭按大力向左扭轉九十度，動作重複二、三次就能點火，所以拇指是反握著扭按的右邊，食指是握著扭按的左邊扭動，若然要調校火力到最小，相反地拇指握著扭按的左邊和食指握著扭按的右邊向右邊調校，妳是用筷子將扭按推到小火，以為這樣就保留了黃長德的指紋，其實是聰明笨伯的做法，因為證據證實黃長德的拇指指紋留在扭按的右邊，食指指紋留在扭按的左邊，一直保持了黃長德點火時的狀態，是妳調低火力令爐火繼續燃燒，燒掉氧氣毒死黃長德。而且還有其他證據。」

「還有什麼？」

「留在門鎖的食指指紋是另一個證據。我們在房間裡面鎖門時，會先用右手握著球型的把手向右轉，將鎖舌縮入鎖槽裡，推門放手讓鎖舌套入另一邊的鎖頭，跟著用拇指按下門鎖將門鎖上，我們不會用食指鎖門，因為手骹拗著食指用不到力，不合乎人體力學的原理，我們只會在房間外面時鎖門，才會先用食指鎖按下門鎖，然後將門帶上。是妳故意將黃長德的食指指紋印在門鎖上面，讓人以為是黃長德在房間內鎖門，反而證明是妳佈下假局殺死黃長德的證據。」

「好笑得很，那麼妳又如何指控我殺死黃潮順？」

「妳殺死黃長德後跑回老家鳳來村避風頭，但是萬萬想不到黃潮順竟然千山萬水來找妳，妳看見他以為東窗事發，怎料他到來是為了妳和黃長德所生的兒子。」

「妳找到我買給我兒子的金鍊。」

「妳兒子的照片放在妳金鍊的心形吊嘴裡。黃潮順從順嫂口中知道妳和黃長德生了個兒子，黃潮順年輕時生活荒唐，染了風流病絕育了，所以他急於要找到妳的孩子繼後香燈，可是他不知道妳的兒子已經在半年前病死了，而且還是妳苦苦哀求黃長德和順嫂後見死不救的後果。」

「他來的時候我還以為他知道我見過黃長德，找我晦氣怪我害死黃長德，他見到我時一臉沮喪說『我的兒子死了，我沒子送終。』旋即他跟著說『妳不是跟阿德生了個兒子嗎，我會跟我的老婆離婚，跟妳結婚，一起養大我們的孫子，不，我們的兒子，嗯，讓我看看我們的兒子，他叫什麼名字。』我從未見過這樣卑鄙無恥的小人，為了佔我便宜，不惜亂倫將孫子當兒子養！我用援兵之計騙他：『小孩在隔籬的村子請別人帶著，結婚的事情我要多點時間考慮，看妳能給我多少好處？』我還給他看手機我兒子的照片，他放下一萬塊錢和一把鑰匙及告訴我他在旺角住宅的地址，約我到他家。」

「黃潮順騙妳到他家，妳冒著被強暴的危險也要去，因為他說會告訴妳一個有關你兒子的祕密，一個令妳發飆下定決心要殺死順嫂的祕密。」

「我到了他家，進門後，他在門後跳出來緊緊攬著我求歡，我才發覺他赤身露體，我鎮定說『我以後都是你的人，何必急在此時，但是你怎知道我跟阿德有個兒子？』他說『阿德意外死後，我跟那個三八爭吵了一場，她衝口而出咒罵我是我害死阿德，沒有兒子送終，但是有一個孫子流落在外，我要她說出來，她就是不肯說，我左右開弓把她打得臉瘀鼻腫直到她求饒為止，她才斷斷續續說出真相，其實我對她早已沒有感情，是她纏著我不肯離婚。』我問他那妖婦說了些什麼，『她說半年前你抱著男嬰去找阿德和她，哭訴男嬰得了重病要錢醫治，還說男嬰是那次阿德迷姦了妳所生的，是黃家血脈，她和阿德盡情嘲笑妳是貨腰娘、掘金娘子就是要錢，我不信，妳不是那種人，妳不是貪婪和水性楊花的女人。』我憤怒極了，捺著性子問『你還沒有告訴我兒子的祕密。』他鬆開了我仍環抱著我腰說『那時你遇上我的兒子不是偶然，是那個臭貨派他去做偵探去調查我們的關係，當那臭貨知道我們同居後唆使阿德做小四勾引妳，找機會拍下妳與小四的通姦證據，用計拆散我們，她真是枉作小人，我知道妳是被迫拍下那些照片，我對妳是情心一片，就算被姦污，我還是想要妳。』我氣得冒火，這個天殺、陰險惡毒的老妖婦。」

「啊。」如嫣聽了此番說話簡直要吐出來。

「跟著他想用強佔有我，我死命反抗推開他，他心臟病而死。」

「不，妳是故意殺死他。妳走了以後有另一個人偷偷走進黃潮順的房子，發現屍體的頸項兩側有二片紅暈，那是屍斑，他雙手握拳，你故意在他那二個穴道用力按下殺死他，他死後血液滯留在被按的地方形成了屍斑。」

「那不能證明是我殺死他。」

「我在網上看到一則新聞，南京一對新人結婚註冊後擁著狂吻，新娘子突然死去，死因是心臟病發，究其原因是新郎吻她時，錯手按著新娘頸上的脈竇，那是迷走神經背核的神經敏感部位。妳是學中醫又懂得按摩，對人體穴道的位置認得準確，人體的頸項兩面外側、頸總動脈的分叉處各有一黃豆大小的組織，醫學上叫頸動脈竇，用力按壓頸動脈竇使人暈眩，持續按著數秒會令人心跳和呼吸驟然停止，造成急性心源性腦缺氧，是妳用力按著他的『死穴』，誘發了心臟抑制性急死，令他失救死亡，看上去是自然猝死。」

如嫣停了一會再說：「我們發現在床尾靠上有一些黃潮順的皮膚組織，證實有人從床尾靠將黃潮順拖到床上時刮下來，妳不知道有第三個人曾經進入該房間，還將房間佈置成密室。我們解開了密室之謎，當警方發覺木門是被東西抵著，消防處用力將門撞開，入到裡面是雜物四散，其中包括那張折斷了靠背、抵著木門的椅子，還有些盥洗用品，警方曾做實驗，在門外面透過門縫用尼龍繩拉椅子斜靠、抵著木門上的門鎖盒子，每次都是欠幾毫米距離失敗。最後我們研究那幾毫米的距離，想到只要用一些東西填補這一點點差距就能成功，那會是一種柔軟的物料，譬如是柔軟的物料、衣服，最後我們想到用毛巾，那是在現場發現的盥洗用品，我們將毛巾放在椅子的靠背上，先在房間內調校合適的角度令椅子傾斜，毛巾的厚度剛好能填補那幾毫米差距，毛巾的柔軟性將椅子微微卡在門上的門鎖盒子，之後只要在門外稍微用力推，毛巾就會將椅子和門鎖盒子卡得緊緊，木門也被椅子抵住了，密室也形成了。妳為什麼要大費周章這樣做？假裝黃潮順是心臟病自然死去，唯一的解釋是妳謀殺了他！」

「他們一家都是豺狼。」

「妳終於明瞭自己和兒子的悲劇都是順嫂一手造成，她就是罪魁禍首，妳發誓要殺死順嫂，還讓她看上去自然死去。上次在這裡跟妳見面之後，妳第二天就離開這裡去香港。半年前曾經到過順嫂的住所，妳知道那裡沒有監察電視，也知道阿秀的出入時間，隔天下午一時半左右看著阿秀離開，利用有人出來的時候進入了順嫂居住的大廈，上到四樓按下門鈴，順嫂開門見到妳很是不屑，依然從容坐回沙發上，跟著妳們爭執，她體弱有病不是妳的對手，妳就是在那時殺死她，但是妳犯了一個重大的錯誤。」

「什麼錯誤？」

「是那隻打碎的玻璃杯。它的位置在沙發的右手邊，順嫂是左撇子，她的藥丸、胰島素針和裝柳橙汁的玻璃杯都在放她的左手邊方便她拿取，還有抽血檢測也是在她左手的靜脈，要是她倒翻了柳橙汁打碎玻璃杯，也只能在她的左手邊，不會在她的右手邊，是你在她死後將柳橙汁倒在她身上，是你打碎了玻璃杯，再將她的屍體拖在地板上印下一暈暈柳橙汁的痕跡，做成她高血糖引致心臟病發要抓藥吃的假象。」

「那個妖婦有糖尿病，她是高血糖引發的心臟病死去。」

「正好相反，她的死因是低血糖太低，妳是專業護士，知道糖尿病病人會因為低血糖更容易死去，低血糖過低引致交感神經興奮，交感神經興奮引起血管收縮，加重心臟負擔，當血糖過低供應給心臟的營養減少，誘發了心血管意外，心律失常，導致猝死，妳就是利用這一個醫學原理將順嫂殺死。」

「真笑話，我怎樣做得到？」

「妳利用了胰島素針。」

「那五服胰島素針全整無缺散落在地上。」

「你知道有五服胰島素針，妳終於承認人在案發現場。妳擬定好殺死順嫂的計劃，在大陸只要有錢就能買到胰島素針，妳也購買了葡萄糖針，這是計劃的一部分。妳到順嫂的住所制服了她，在她的肚皮上打了過量的胰島素針，她的血糖驟降令她的心臟負荷不了猝死，妳所冒的風險很低，人工合成胰島素是蛋白質激素，它的生理功能是調節血糖代謝，促進細胞攝取葡萄糖和肝醣原結合，抑制糖異生使血糖降低，蛋白質激素之後分解被身體吸收，故此法醫不能直接檢測胰屍體胰島素水平的高低。她死去不久屍體還暖和的時候，妳在她屍體左右手肘內側的靜脈注射了葡萄糖針，上下按摩將葡萄糖均勻地分佈在靜脈上，因為順嫂已死，她體內的血液不會再流動，妳知道法醫會在屍體的靜脈抽取血液測試，所以妳在手肘內側靜脈打了葡萄糖針，騙過了法醫。」

「妳說的只是理論。」

「我在驗屍報告看到順嫂的肚皮上有幾條細小橫向的傷口，像被利器刮損，阿秀說過順嫂不會給人摸她的肚皮，而且只會在她的大腿肌肉上打胰島素針，五服胰島素針是完整，順嫂沒有替自己打胰島素針，那些刮傷的地方是跟人肉博做成的，為什麼選擇肚皮呢？當時順嫂身穿長褲、長袖衫的睡衣，兇手要用最佳方法對順嫂打胰島素針，兇手用腳壓著順嫂雙腿，掀起她的上衣，將胰島素針打進她的肚皮是最快最有效的，妳就是這樣殺死順嫂的。我再檢查順嫂的屍體，她肚皮刮傷的地方有針孔，那是妳替她打胰島素針做成的，我又發現她的右手手肘靜脈有一個針孔，左手手肘靜脈有二個針孔，左手其中一個針孔是法醫人員抽血做成的，左右手肘靜脈多了二個針孔是兇手做成的，那裡並不打胰島素針的位置，我就是這樣發現詭計，妳將葡萄糖針打進順嫂體內做成高血糖指數現象，騙過了法醫，因為針孔是順嫂死去後做成的，屍體的器官機能已經停止運作，屍體經過冷藏後，肌肉收縮，肚皮和手肘的針孔就顯現出來，這是妳用超量的胰島素殺死順嫂，打葡萄糖入順嫂屍體的證據，是妳殺死了順嫂，還有黃潮順和黃長德！」

「好精采的推理。」

「她打了過量的胰島素針後未即時死去，妳盡情折磨她，她死時目露凶光，一副要報仇雪恨的樣子。」

「那個妖婦做盡傷天害理的事情，她指使她那個害人精兒子毀掉我的人生，他們二個畜生更害死我的兒子，我怎能放過他們。我逼她打了胰島素針後，拖她到地下讓像狗狗爬在地上，用巧克力引她，當她快要抓到巧克力時，我踢開巧克力讓她到處亂滾亂趴，又在她小腿的傷口踹了幾腳折磨她，她令我受盡屈辱、跪在地上叩頭哀求她救我兒子，她母子倆殘忍地拒絕，我只能看著我兒子的生命一點一滴地流走死去。我也要讓她受盡屈辱求我，她力氣用盡後攤在地上喘氣時，我才報復地對她說『妳兒子黃長德的死不是意外，是我用計給他喝下迷姦水昏迷不醒，關掉空調機停止將街外的空氣抽到房間，開著石化氣爐燒掉室內的氧氣，將房間變成毒氣密室，他中了二氧化碳毒慢慢死去，妳害死我的兒子，我也要害死妳的兒子，讓妳嘗盡那種刻骨銘心的痛楚！』她聽了我的話只能歇斯底里吐出『妳……妳……好狠……』她話沒有完就含恨而死，我終於為我的兒子報了仇。之後我將一顆降血壓藥放入她的口裡，再將其他藥丸和胰島素針藥散落在那個老妖婦的身旁，做成她高血糖抓不到藥吃的假局。」

此時來了一陣強風散了霧靄，如嫣向樹林看過去，好像看見原素嬋滿臉淚痕，急忙跑上陡坡去追她，原轉身往後逃進樹林，濃霧又忽然掩埋過來。如嫣在霧裡的樹林摸索了許久，跟著窸窣的聲音向山上走，停下來豎起耳朵，忽然聽到山頭那邊一聲慘叫，如嫣追隨叫聲的方向跑到那一邊到了一個懸崖，崖邊有一隻鞋子。她望向崖下，雲霧如海深不見底，看不到原素嬋的踪影，這是原素嬋佈下的另一個局？還是她終極的結局？耳邊嵐風吹得蘆荻瑟瑟作響，如剛才原素嬋哀婉沉痛的嗓音，娓娓訴說她的悲劇人生。

如嫣待到太陽高照，濃霧散去，繞過路來到前山，只見懸崖壁立似一座城堡，山崖下的樹林密佈形成不可僭越的屏障，一道清流像護城河衛著山體，若要獨力搜索原素嬋根本是不可能的事情。

終章

步如嫣回到香港，與白揚到李法醫的辦公室。李法醫表示：「我們在死者別的地方抽血再測試，她的血糖指數只有30mg/dl，是超低血糖。」

兩人謝過李法醫離去。

「當日順嫂信誓旦旦要我找出殺死黃長德的兇手，她那悲壯的神情還是歷歷在目，我查出了真相了，是順嫂間接殺死自己的兒子，毀了自己的家，真是諷刺。」如嫣感嘆。

「是不是如老生常談指性格決定命運。妳也不要再想啦，要不然會憂鬱而死。這樣吧，我吃虧點，暫時做妳的男朋友。」

「死宅男，你少臭美！」如嫣說完舉手就要打他。

白揚巧妙地避過轉身就跑，如嫣追著他叫道：「臭小子，有種的，就不要走。」

白揚一邊走一邊大笑：「步督察，我是超級宅男，妳永遠追不到我啊。」

THE END

要推理23　PG1607

要有光 FIAT LUX

血紅梔子花

作　　者　顧日凡
責任編輯　喬齊安
圖文排版　周政緯
封面設計　王嵩賀

出版策劃　要有光
製作發行　秀威資訊科技股份有限公司
114 台北市內湖區瑞光路76巷65號1樓
電話：+886-2-2796-3638　傳真：+886-2-2796-1377
服務信箱：service@showwe.com.tw
http://www.showwe.com.tw
郵政劃撥　19563868　戶名：秀威資訊科技股份有限公司
展售門市　國家書店【松江門市】
104 台北市中山區松江路209號1樓
電話：+886-2-2518-0207　傳真：+886-2-2518-0778
網路訂購　秀威網路書店：http://www.bodbooks.com.tw
國家網路書店：http://www.govbooks.com.tw
法律顧問　毛國樑　律師
總 經 銷　易可數位行銷股份有限公司
地址：231新北市新店區寶橋路235巷6弄3號5樓
電話：+886-2-8911-0825　傳真：+886-2-8911-0801
e-mail：book-info@ecorebooks.com
易可部落格：http://ecorebooks.pixnet.net/blog

出版日期　2016年6月　BOD一版
定　　價　250元

國家圖書館出版品預行編目

血紅栀子花 / 顧日凡著. -- 一版. -- 臺北市 : 要有光, 2016.06
面 ;　公分. -- (要推理 ; 23)
BOD版
ISBN 978-986-91655-6-3(平裝)

857.81　　105008793

讀者回函卡

感謝您購買本書，為提升服務品質，請填妥以下資料，將讀者回函卡直接寄回或傳真本公司，收到您的寶貴意見後，我們會收藏記錄及檢討，謝謝！

如您需要了解本公司最新出版書目、購書優惠或企劃活動，歡迎您上網查詢或下載相關資料：http:// www.showwe.com.tw

您購買的書名：________________________________

出生日期：________年________月________日

學歷：□高中（含）以下　□大專　□研究所（含）以上

職業：□製造業　□金融業　□資訊業　□軍警　□傳播業　□自由業

□服務業　□公務員　□教職　□學生　□家管　□其它______

購書地點：□網路書店　□實體書店　□書展　□郵購　□贈閱　□其他

您從何得知本書的消息？

□網路書店　□實體書店　□網路搜尋　□電子報　□書訊　□雜誌

□傳播媒體　□親友推薦　□網站推薦　□部落格　□其他__________

您對本書的評價：（請填代號　1.非常滿意　2.滿意　3.尚可　4.再改進）

封面設計____　版面編排____　內容____　文／譯筆____　價格____

讀完書後您覺得：

□很有收穫　□有收穫　□收穫不多　□沒收穫

對我們的建議：________________________________

____

____

____

請貼
郵票

11466
台北市內湖區瑞光路 76 巷 65 號 1 樓
秀威資訊科技股份有限公司 收
BOD 數位出版事業部

（請沿線對折寄回，謝謝！）

姓　　名：＿＿＿＿＿＿＿＿　年齡：＿＿＿＿　性別：□女　□男

郵遞區號：□□□□□

地　　址：＿＿＿＿＿＿＿＿＿＿＿＿＿＿＿＿＿＿

聯絡電話：(日)＿＿＿＿＿＿＿＿＿＿ (夜)＿＿＿＿＿＿＿＿＿＿

E-mail：＿＿＿＿＿＿＿＿＿＿＿＿＿＿＿＿＿＿